LA HEREDERA DEL DESIERTO

CAITLIN CREWS

HARLEQUIN™

Editado por Harlequin Ibérica.
Una división de HarperCollins Ibérica, S.A.
Núñez de Balboa, 56
28001 Madrid

© 2015 Caitlin Crews
© 2018 Harlequin Ibérica, una división de HarperCollins Ibérica, S.A.
La heredera del desierto, n.º 2619 - 2.5.18
Título original: Protecting the Desert Heir
Publicada originalmente por Mills & Boon®, Ltd., Londres.

I.S.B.N.: 978-84-9188-071-4
Depósito legal: M-7143-2018
Impresión en CPI (Barcelona)
Fecha impresion para Argentina: 29.10.18
Distribuidor exclusivo para España: LOGISTA
Distribuidor para México: Distibuidora Intermex, S.A. de C.V.
Distribuidores para Argentina: Interior, DGP, S.A. Alvarado 2118.
Cap. Fed./Buenos Aires y Gran Buenos Aires, VACCARO HNOS.

Capítulo 1

LA ÚLTIMA vez que tuvo que huir para salvar la vida, Sterling McRae era una adolescente enloquecida con más redaños que sentido común.

Aquel día no podía correr, a causa del bebé que esperaba y al que debía proteger tras la muerte de Omar, pero el principio seguía siendo el mismo.

«Márchate, aléjate de aquí. Ve a algún sitio donde no puedan encontrarte».

Al menos en aquella ocasión, doce años mayor y con más experiencia de la vida que a los quince años, cuando escapó de su casa de acogida en Cedar Rapids, Iowa, no tenía que depender de la estación de autocares para escapar. Aquella vez tenía tarjetas de crédito sin límite de gasto y un estupendo todoterreno a su disposición, con chófer incluido, que la llevaría donde quisiera ir.

Tendría que dejar atrás esos lujos cuando se fuera de Manhattan, por supuesto, pero al menos empezaría su segunda reinvención con un poco más de estilo.

«Gracias, Omar», pensó.

Los zapatos de altísimo tacón, que seguía poniéndose incluso en tan avanzado estado de gestación, repiqueteaban sobre el suelo mientras salía del ático que Omar y ella habían compartido desde que se conocieron en la universidad.

Sterling sintió una oleada de dolor, pero apretó los dientes y siguió caminando. No había tiempo para eso porque había visto las noticias. Rihad al Bakri, el temible hermano mayor de Omar y gobernante del diminuto país portuario del Golfo Pérsico del que Omar había escapado a los dieciocho años, había llegado a Nueva York.

Y, sin la menor duda, su intención era encontrarla.

Seguramente la tenía vigilada, pensó mientras bajaba en el ascensor. Tal vez el jeque habría enviado a sus guardias a buscarla, aunque la noticia de su llegada solo se había hecho pública media hora antes. Ese pensamiento tan desagradable, aunque realista, hizo que aminorase el paso. A pesar de los frenéticos latidos de su corazón quería parecer calmada y se obligó a sonreír mientras atravesaba el vestíbulo, como hubiera hecho cualquier otro día. No honraría a Omar si dejaba que su hijo cayera en manos de la gente de la que él había escapado y sabía bien cómo reaccionaban los predadores cuando veían a una presa asustada.

Cuanto más miedo mostrases, con más violencia atacaban. Ella lo sabía de primera mano.

De modo que, en lugar de correr, caminó despacio. Se paseó como la modelo que había sido antes de conocer a Omar años atrás, como la notoria y sensual amante del playboy internacional a ojos del mundo.

Salió a la elegante calle de Manhattan, pero no miró alrededor para saborear la ciudad que tanto había amado siempre. Si quería mantener a salvo a su hijo, el hijo de Omar, no había tiempo para despedidas.

Había perdido a Omar, pero de ninguna forma iba a perder a su hijo.

La soleada mañana veraniega le daba una excusa para ocultar su angustia tras unas grandes gafas de sol, pero tardó más de lo que debería en percatarse de que el hombre que esperaba frente al brillante todoterreno negro de Omar no era el chófer habitual.

Aquel hombre se apoyaba en el vehículo como si fuera un trono y él, el rey. Estaba mirando el móvil que tenía en la mano y algo en su forma de deslizar el dedo por la pantalla le pareció extrañamente insolente. O tal vez fue su oscura y desaprobadora mirada, que era como un roce íntimo y lujurioso. Y, a pesar de haberse esforzado siempre en dar la imagen de una mujer que disfrutaba de los placeres de la carne, la verdad era que no le gustaba que la tocasen. Nunca.

Ni siquiera cuando el roce no era real.

Aquel hombre era demasiado... todo. Demasiado alto, demasiado sólido. Demasiado formidable. El traje de chaqueta oscuro destacaba un cuerpo atlético y el pelo negro bien cortado parecía esconder un rizo natural.

Tenía la piel morena y la boca más sensual que había visto en un hombre, aunque apretaba los labios en un gesto hosco. Era asombrosa, casi sorprendentemente apuesto. Y letal como una hoja de acero templado.

Aquel hombre era la última persona que debería

llevarla a la libertad... o la primera. Sterling no tuvo tiempo para decidir. No tenía tiempo en absoluto. Podía sentir la vibración de su móvil en el bolsillo y sabía lo que eso significaba.

Rihad al Bakri, el rey de Bakri desde la muerte de su padre unos años antes, por fin estaba en Manhattan como había temido y sus amigos le enviaban mensajes de advertencia. Porque, pasara lo que pasara, el hermano mayor de Omar no podía saber que estaba esperando un hijo.

Era por eso por lo que se había esforzado tanto para ocultar que estaba embarazada durante esos meses. Hasta aquel día, cuando ya no importaba porque tenía que escapar para salvar la vida. Haría lo que había hecho la última vez: ir a algún sitio lejos de allí, teñirse el pelo, cambiar de nombre.

Lo difícil no era empezar una nueva vida, sino continuar una vez que la habías elegido, porque los fantasmas eran poderosos y seductores, especialmente cuando te sentías solo.

Pero lo había hecho antes, cuando carecía de todo, y en aquel momento tenía una razón importante para vivir.

Todo eso significaba que no tenía tiempo para mirar al maldito chófer, o preguntarse por qué parecía detestarla a primera vista, a juzgar por su expresión.

—¿Dónde está Muhammed? —le preguntó.

Sus ojos oscuros eran aún más atractivos de cerca y brillaban como oro bruñido bajo la luz del sol. Sterling se quedó sin aliento y no entendía por qué. Y tampoco entendía por qué él la miraba con gesto ofendido. Su teléfono no dejaba de vibrar y estaba a punto de ponerse a llorar allí mismo, en plena calle, de modo que dejó de prestar atención al silencioso y formidable desconocido y abrió la puerta del todoterreno.

–Me da igual dónde esté –le espetó, respondiendo a su propia pregunta cuando el pánico le aceleró el corazón–. Vámonos. Lo siento, pero tengo muchísima prisa.

Él se apoyó en la ventanilla del conductor, con expresión sorprendida y pensativa al mismo tiempo, mientras Sterling tiraba su enorme bolso en el interior del coche. Ella no había sido nunca una diva, por mucho dinero que le diese Omar, pero aquel era un día terrible después de una semana aún peor, desde que recibió la llamada de la policía francesa para decirle que Omar había muerto en un accidente de tráfico a las afueras de París. No había tiempo para buenos modales, ni siquiera una palabra amable para un hombre como aquel, que la miraba como si fuera él quien iba a decidir cuándo y dónde irían.

Pero un chófer malhumorado era mejor objetivo que ella misma o el aterrador hermano de Omar, que podría aparecer en cualquier momento y destruirlo todo. Según lo que Omar le había contado, eso era lo que hacía el jeque de Bakri.

–¿Cómo has conseguido este trabajo? –le espetó, concentrando su ira y su miedo en el desconocido que tenía delante–. Porque no creo que esto sea lo tuyo. ¿No sabes que debes abrir la puerta del pasajero?

–Sí, claro –respondió él. Y Sterling se quedó tan sorprendida por esa voz ronca, profundamente masculina, que se llevó una mano al abdomen como para proteger a su bebé–. Discúlpame. Por supuesto, el objetivo de mi vida es servir a mujeres estadounidenses como tú. Mi objetivo y mi sueño, todo en uno.

Sterling no podía entender por qué la tuteaba y, sobre todo, por qué la miraba de ese modo. Como si fuera poderoso y feroz y tuviese que ocultarlo bajo una capa de buenas maneras.

Por alguna razón, aquel hombre le recordaba por primera vez en mucho tiempo, o tal vez por primera vez en su vida, que era una mujer. No solo la madre del hijo de su mejor amigo, sino una mujer de la cabeza a los pies; una mujer que sentía un extraño calor... por todas partes.

El bebé eligió ese momento para dar una patadita y Sterling se dijo a sí misma que era por eso por lo que no podía respirar. Que era por eso por lo que todo su cuerpo parecía estar en tensión, como si no fuera suyo.

–Entonces tu vida debe de ser una continua decepción, ya que no pareces capaz de hacer algo tan sencillo –respondió cuando por fin pudo respirar.

–Mis disculpas –replicó el chófer con tono irónico–. Evidentemente, he cometido un error.

Se irguió entonces y eso no mejoró la situación. Era muy alto, de hombros anchos, una mancha oscura que parecía ocupar el mundo entero. Y no le habría sorprendido que la levantase del suelo, embarazada y todo, con un solo brazo.

Pero, por supuesto, no lo hizo. Puso una mano en el techo del coche y la miró como si estuviera haciéndole un gran favor. La miraba con esos ojos dorados que parecían leer en su alma... y en la mente de Sterling aparecieron unas imágenes imposibles, cada una más inapropiada y bochornosa que la anterior. ¿Qué le pasaba? Ella no tenía fantasías eróticas. No le gustaba que la tocasen y mucho menos... eso.

–Bueno... –empezó a decir después de ese momento tenso, eléctrico, que aún podía sentir por todas partes, aunque no pudiese entenderlo–. Intenta no volver a hacerlo.

El brillo de sus ojos oscuros se volvió más intenso y cuando sonrió, burlón, Sterling sintió un estremecimiento.

–Pero tenemos que movernos –añadió, con un tono más afable–. Tengo que hacer un viaje muy largo y ya voy con retraso.

–Por supuesto –asintió él, esbozando una sardónica sonrisa–. Sube, por favor.

Luego tomó su mano, supuestamente para ayudarla a subir al coche.

Y fue como un estallido de fuegos artificiales.

Aquello era una locura.

Las sensaciones galopaban en su interior. Era como un incendio que la envolvía entera y hacía que la ciudad desapareciese, que toda su historia desapareciese como si nunca hubiera ocurrido. Haciendo que se preguntase, que anhelase...

Quería apartar la mano, como hacía siempre que alguien la tocaba sin su permiso, pero no lo hizo. Porque por primera vez en su vida quería seguir tocando a un hombre.

Esa asombrosa verdad provocó un terremoto en su interior.

–No podremos irnos si no subes al coche –dijo el chófer, mirándola de una forma que la dejó sin aliento. Su voz parecía atizar un fuego dentro de ella, como si el roce de su mano fuese un acto sexual–. Y eso sería una tragedia, ¿verdad?

Sterling no podía respirar y temía que la sensación que la envolvía no fuese pánico. Porque ella sabía lo que era el pánico y aquello era algo mucho más profundo.

Algo que te cambiaba la vida, pensó, atónita.

Pero en lo único que debía pensar era en el hijo que esperaba, de modo que intentó sacudirse la confusión y subir al coche antes de que se le doblasen las piernas.

O antes de hacer algo que lamentaría después, como acercarse más a aquel desconocido en lugar de apartarse.

Había muchas cosas que Rihad al Bakri, jeque, gobernante y rey de Bakri, no podía entender.

Primero, cómo era posible que su difunto hermano hubiese olvidado mencionar que había dejado embarazada a su amante. Y, a juzgar por su estado, muchos meses atrás. O cómo aquella aparentemente delicada mujer estadounidense había conseguido eludir a sus fuerzas de seguridad y caminaba hacia él como si siguiera en las pasarelas que había frecuentado cuando era una adolescente.

Finalmente, Rihad era lo bastante arrogante como para preguntarse cómo podía haberlo confundido *a él* con un chófer.

No quería pensar en el dolor que sentía por la muerte de su hermano. O que después de desperdiciar tantos años de su vida yendo de fiesta en fiesta con aquella mujer, Omar hubiera desaparecido tan absurdamente en un simple instante.

No podía entenderlo ni aceptarlo. Y dudaba que algún día pudiese hacerlo.

Sin embargo, se olvidó de todo eso cuando tomó su mano con intención de ayudarla a subir al todoterreno, como haría un simple empleado.

Porque la ruidosa ciudad de cemento pareció perder el ritmo de repente, como un disco antiguo a menos revoluciones, y luego se quedó parada de golpe. Tan quieta que era como una agonía reverberando dentro de él. Su mano era delicada y fuerte al mismo tiempo y eso no le gustó. Y tampoco le gustó cómo apretaba los labios, como si intentase disimular que le temblaban, porque experimentó el salvaje, casi incontrolable deseo de poner a prueba esa teoría.

«Qué tontería».

Su cabello rubio, un derroche de mechones dorados y cobrizos, estaba sujeto sobre la cabeza con un prendedor, como si lo hubiera hecho a toda prisa. Pero no tenía un aspecto descuidado; al contrario, ese peinado le daba un aspecto fresco y femenino. Llevaba una especie de túnica sobre unos tejanos ajustados y unos zapatos de altísimo tacón. Se movía como una modelo mientras subía al coche y eso hizo que Rihad se preguntase cómo se movería cuando no estuviese embarazada.

O, mejor aún, cómo se movería debajo de él.

Pero no quería hacerse preguntas sobre esa mujer

y mucho menos esa. Solo quería erradicar esa mancha, ese recuerdo de la vida de su hermano. Borrar de una vez por todas la deshonra para la familia real de Bakri. Por eso había ido personalmente a Nueva York, directamente desde el funeral de Omar, cuando podía haber enviado a su administrador para echarla de la propiedad.

Ya había habido suficientes escándalos, suficiente desenfreno irresponsable y egoísta. Rihad llevaba toda la vida solucionando los conflictos creados por su padre, Omar y su hermanastra, Amaya, que era uno de sus mayores quebraderos de cabeza. Sterling McRae era la representación del licencioso libertinaje de su familia y Rihad quería que desapareciera, junto con los recuerdos de las erróneas decisiones de su hermano.

Así que, naturalmente, ella estaba embarazada.

Enorme, incontestable, irrevocablemente embarazada.

Por supuesto.

Capítulo 2

ESTÁS encinta –dijo Rihad cuando la amante de su hermano subió al coche y soltó su mano con exagerada precipitación, como si el roce también la hubiese afectado.

–Eres muy observador –comentó ella. ¿Era un sarcasmo? ¿Dirigido a él? Rihad parpadeó, atónito, pero ella siguió con tono imperioso–. ¿Te importaría cerrar la puerta y ponerte al volante?

Estaba dándole órdenes. Esperaba que él, él, obedeciese sus órdenes. Que la obedeciese *a ella*.

Aquello era algo tan sorprendente que Rihad cerró la puerta sin decir nada mientras intentaba procesar la situación. Y pensar qué debía hacer.

Lo único que podía esperar era que el hijo de aquella mujer no fuese de Omar, pero eso era ser muy optimista. La obsesión de su hermano por aquella lamentable amante había durado casi una década. Se había enamorado cuando ella tenía diecisiete años y la había instalado en su apartamento sin importarle que no fuese más que una ignorante golfilla con un nombre inventado, que ni siquiera era mayor de edad.

Los paparazzi prácticamente daban saltos de alegría en la calle.

–Omar se cansará de ella –había dicho su difunto padre, después de leer un insultante artículo.

El viejo jeque había sido un gran conocedor de mujeres inapropiadas. Por suerte, había dejado de casarse con ellas cuando una mercenaria bailarina ucraniana, la madre de la desobediente Amaya, se dedicó a publicar mentiras sobre «su vida en el diabólico harem del jeque». Mentiras de las que había vivido durante décadas. Su padre había renunciado al matrimonio después de eso, pero no a las mujeres.

–Tal vez deberías rebajar tus expectativas –había sugerido Rihad, burlón–. Estos años en Nueva York parecen haber afectado a la memoria de Omar, particularmente en cuanto se refiere a los deberes hacia su país.

Su padre se había limitado a suspirar, como siempre. Porque aunque él era el heredero, nunca había sido su hijo favorito. Y era comprensible. Omar y el viejo jeque tenían en común que iban provocando escándalos sin pensar en las consecuencias, mientras que Rihad tenía que ir solucionándolo todo a su paso.

Porque alguien tenía que hacerse responsable o el país hubiera caído en manos de sus enemigos. Y ese alguien había sido él desde que tenía memoria.

–Todos los hombres tienen debilidades –le había dicho su padre un día, mirándolo con el ceño fruncido–. Lo único lamentable es que Omar las muestre públicamente.

Rihad no sabía si tenía debilidades o no, ya que nunca se había dejado llevar por ellas. Nunca había tenido amantes. Como sucesor de su padre estaba prometido desde que nació y, en cuanto terminó sus estudios en Inglaterra, cumplió con su obligación contrayendo matrimonio con la mujer que había sido elegida para él.

Tasnim no tenía cuerpo de modelo, ni una brillante melena rubia, ni una boca de pecado como la mujer con la que Omar había vivido durante todos esos años, pero había estado tan comprometida con ese matrimonio como él. Con el tiempo, acabaron sintiendo afecto el uno por el otro y, cuando murió, cinco años atrás, Rihad había perdido una amiga.

Mirando a la amante de su hermano, sentada tranquilamente en el coche, esperando que la alejase de allí cuando él había planeado darle su merecido, Rihad tomó una decisión.

Le enfurecía que Tasnim, que había cumplido sus promesas, hubiera muerto. Como le enfurecía que Omar se hubiera saltado las reglas, como siempre, y hubiese dejado embarazada a su amante para luego abandonar a un heredero de la casa real a su destino, con una madre soltera y sin protección.

Y la agitación que había sentido cuando ella tomó su mano, un gesto tan simple e impersonal...

Era inaceptable.

Si fuera otra persona se habría sentido afectado por esa repentina explosión de calor. Alterado por el fuego que rugía dentro de él, sugiriendo todo tipo de posibilidades en las que no quería pensar.

Pero Rihad no era otra persona. Y no reconocía las debilidades, las superaba.

Sacó el móvil del bolsillo para hacer una rápida llamada y, mientras subía al asiento del conductor, se reafirmó en su decisión. Porque era la forma más rápida de solucionar aquella crisis, se decía a sí mismo, no porque aún pudiera sentir la mano de Sterling McRae como si lo hubiera quemado. Podía verla en el asiento de atrás por el espejo retrovisor, mirándolo con el ceño fruncido.

Sterling, un nombre tan caprichoso y ridículo, pensó. Nada que ver con las sensaciones que experimentaba al mirarla, todas ellas inesperadas. Él era un hombre de deber, nunca de necesidades.

—No puedes hablar por el móvil mientras conduces —lo increpó ella. Lo regañó más bien—. Lo sabes, ¿no?

Le hablaba como si fuera rematadamente tonto. Y nadie se había atrevido a dirigirse a él en ese tono.

Nunca.

Debería sentirse indignado, pero por alguna incomprensible razón estuvo a punto de soltar una carcajada.

—¿No puedo? —repitió, irónico—. Ah, vaya, agradezco la advertencia.

—Aparte de que es ilegal, es peligroso —insistió ella, en un tono irritado con el que nadie le había hablado nunca. Vio que se llevaba las manos al abultado abdomen y ese gesto sugería que no era tan desalmada y avariciosa como se había imaginado, pero no quería pensar en eso.

—Si estuviera sola no me importaría que nos estrellásemos contra un edificio, pero debo pensar en mi hijo.

—Ah, claro —asintió él, guardando el móvil en el bolsillo de la chaqueta antes de arrancar el vehículo—. Pero me imagino que tu marido te echaría de menos.

Estaba provocándola, aunque no entendía por qué.
¿Qué ganaba con eso? Cuando miró por el espejo
retrovisor vio que había girado la cabeza, como para
despedirse del edificio mientras él arrancaba, como
si marcharse de aquel sitio en el que había vivido con
su hermano, o *de* su hermano, siendo más preciso,
fuese duro para ella.

Y debía de ser así, claro. Sin duda, le sería mucho
más difícil encontrar un amante rico. Para empezar,
era mayor. Bien conocida por su papel como la pre-
ciada posesión de otro hombre y pronto la madre del
hijo de otro hombre. Y los tipos que solían tener
amantes no encontrarían eso muy atractivo.

«Tú no la encuentras atractiva porque está embarazada del hijo de tu hermano», le dijo su vocecita
interior.

«Mentiroso».

Rihad no hizo caso. No podía sentirse atraído por
la infame amante de su hermano. No lo permitiría.

—El padre de mi hijo ha muerto —dijo Sterling con
tono helado.

—¿Y tú lo querías tanto que deseas correr la misma
suerte? —replicó él, irónico. Ella giró la cabeza para
mirarlo, con su bonita frente fruncida de nuevo—. Es
un tributo desesperado, ¿no te parece? La salida de
los cobardes, en mi opinión. Vivir es más difícil.

—¿Estoy teniendo una alucinación?

Era, evidentemente, una pregunta retórica. Aun
así, Rihad se encogió de hombros mientras tomaba la
autopista.

—No puedo responder por ti.

–¿O estás interrogándome de un modo malicioso sobre la muerte de un ser querido? ¿Tú, un chófer?

Su tono era incisivo, pero Rihad creyó notar en él emociones contenidas, miedos ocultos. O tal vez eran imaginaciones suyas.

–Me da igual lo que pienses sobre mi vida o mis decisiones. Quiero que me saques de Nueva York, ni más ni menos. ¿Te parece bien o piensas dar más opiniones que nadie te ha pedido?

Rihad sonrió mientras se dirigía hacia el puente que llevaba al aeródromo donde esperaba su jet, preparado y lleno de combustible. O rodarían cabezas.

–¿Dónde piensas ir? El norte de Nueva York es precioso en verano, pero tu situación ya no será la misma. Supongo que lo sabes.

–Mi situación –repitió ella como si no hubiera oído correctamente–. Perdona, ¿qué has dicho?

–Parece como si estuvieras acostumbrada a vivir bien –siguió Rihad–. Pero ahora no te será fácil encontrar un benefactor tan generoso.

Sterling se quitó las grandes gafas de sol y él deseó que no lo hubiera hecho. Era tan bella que cuando la miró por el espejo retrovisor sintió como si un caballo lo hubiese pateado. Sus ojos eran más azules que el cielo y parecía más delicada que en las fotografías. Más vulnerable, podría haber pensado, si no lo mirase con esa expresión de rabia.

–¿Te gusta insultar a los desconocidos? –le espetó, de nuevo en un tono con el que nadie se había dirigido a él antes–. ¿Esa es la clase de hombre que eres?

–No creo que seas capaz de averiguar qué clase de hombre soy desde el asiento trasero del coche.

–Y, sin embargo, tú te sientes muy cómodo criticándome desde el asiento delantero. Qué sorpresa.

A Rihad no le gustó sentir una opresión en el pecho.

–¿No vivías bien? Vaya, lo siento por ti. Entonces no deberías haber permitido que un amante tan descuidado te dejase embarazada.

No sabía qué esperar. ¿Lágrimas? Pero Sterling se irguió en el asiento, en un gesto a la vez aristocrático y digno.

–A ver si lo adivino –dijo después de una pausa. Y, por su tono cáustico, era evidente que no estaba a punto de llorar–. Esto es una especie de juego para ti. Te metes en la vida de la gente, la insultas, ¿y luego qué? ¿Causar dolor es tu recompensa o esperas que hagan alguna locura para alejarse de ti, como exigir que los dejes en medio de la autopista? ¿Exactamente qué es lo que sacas con ser tan desagradable?

Rihad apretó los dientes. Habían dejado atrás el puente y se dirigían al oeste. En ese momento solo quería subir al avión y marcharse de allí, de vuelta a su país. A su trono, donde todos obedecían las reglas. Antes de que la tensión explotase, convirtiéndose en algo que no pudiera controlar.

Que tal cosa no le hubiera ocurrido nunca, que nunca hubiera estado tan tenso en toda su vida antes de poner los ojos en aquella mujer... no quería ni pensarlo.

–No tengo intención de dejarte tirada en medio de la autopista –le aseguró–. Al menos, de momento.

–Eres un caballero, eso está claro –replicó ella, fulminándolo con la mirada.

Y Rihad se rio entonces porque le pareció gracioso. Todo aquello era absurdo. Él era un rey fingiendo ser un chófer. Ella era la mujer que había arruinado la vida de su hermano. Y, sin embargo, se sentía más vivo que nunca intercambiando insultos con ella.

De hecho, no recordaba cuándo se había sentido así, por ninguna razón.

Al parecer, el sentimiento de culpabilidad y el dolor lo habían vuelto loco.

–Quiero que los dos tengamos claro quién eres –dijo Sterling entonces, echándose hacia delante. Su aroma, una mezcla de miel y azúcar, con un sutil rastro de flores tropicales, hizo que Rihad apretase el volante con fuerza.

Porque lo hacía sentirse extrañamente excitado. Como el hombre ardoroso y salvaje que no había sido nunca.

Pero no quería analizarlo y decidió concentrarse en la carretera.

–Yo tengo muy claro quién soy –le dijo.

O tal vez estaba diciéndoselo a sí mismo. Cuando bajó del jet privado una hora antes sabía quién era. Como lo sabía cuando llegó al apartamento de Omar, despidió al chófer que esperaba frente al portal y envió a sus hombres al interior del edificio para comprobar que Sterling estaba allí, porque se había reservado el placer de echarla personalmente.

Entonces sabía bien quién era.

Y nada había cambiado desde entonces, se dijo a sí mismo.

Ni cambiaría.

–Eres un hombre a quien le parece apropiado reírse de una mujer e insultarla, para empezar –dijo Sterling, con ese tono suyo tan preciso que no debería encontrar tan fascinante. Porque nadie se había atrevido a hablarle así antes, se dijo a sí mismo. Estaba intrigado, nada más–. Enhorabuena. Tu madre debe de estar muy orgullosa de ti.

Él se rio de nuevo, con menos alegría que antes.

–Mi madre murió cuando yo tenía doce años.

–Una bendición para ella, así no ha tenido que ver en qué te has convertido –replicó Sterling tranquilamente, sin saber que nadie le hablaba así sin consecuencias. Nadie se atrevería–. También eres un hombre que encuentra divertido especular abierta y despreciablemente sobre las vidas de personas a las que no conoces.

–¿No eres una mantenida? –le preguntó Rihad, sin intentar suavizar el tono–. ¿Cómo te ganas la vida?

–Eres un maleducado y un grosero. Aunque eso era evidente a primera vista, mucho antes de que abrieses la boca –Sterling se rio entonces, con una risa áspera que lo sacó de sus casillas–. He conocido cerdos más dignos.

–Ten cuidado –le advirtió él–. Un hombre no reacciona bien cuando cuestionan su honorabilidad.

–Entonces un hombre debe actuar como si fuera honorable –replicó ella.

–¿Tengo que demostrarle a alguien como tú que soy honorable? Tú, una mujer que...

–¿Está embarazada? –lo interrumpió ella con tono helado, tanto que Rihad casi olvidó que lo había interrumpido. Algo que nadie había hecho nunca–.

Qué escándalo, una mujer embarazada. Como si todos los seres humanos que caminan sobre esta Tierra hubieran llegado aquí por otros métodos –añadió, sarcástica.

–Debo de haberte confundido con otra persona –murmuró Rihad mientras tomaba la salida que los llevaría al aeropuerto. Por suerte, ya que, si no ponía cierta distancia entre ellos lo antes posible, acabaría perdiendo los nervios–. Pensé que eras la amante de Omar al Bakri.

–Yo que tú tendría mucho cuidado con lo que dices –le advirtió Sterling, con una ira apenas contenida.

Rihad levantó el pie del acelerador cuando sus hombres abrieron la verja del aeropuerto privado. Por fin aquella pequeña farsa estaba a punto de terminar. No le gustaban los subterfugios, por muy necesarios que fueran. Se parecían demasiado a las mentiras.

–¿Por qué? –le preguntó–. Él ha muerto, pero tú sigues aquí. ¿El hijo que esperas es suyo?

–Ah, claro –Sterling intentó disimular su indignación con un gesto de aburrimiento–. Debo de ser una golfa entonces. Eso es lo que quieres decir, ¿no? ¿Estás intentando determinar si soy una fulana o ya has tomado una decisión?

–¿Lo eres?

Ella se rio.

–¿Y, si lo soy, a ti qué te importa?

Rihad miró por el espejo retrovisor y vio que se llevaba las manos al abdomen en un gesto protector, como si no fuese tan frívola como pretendía.

Pero seguía sintiendo esa extraña opresión en el pecho... una opresión que se negaba a examinar.

—Solo estaba buscando el término apropiado para describir tu papel —le dijo mientras frenaba sobre la pista, al lado de su avión—. Me disculpo si te ha parecido insultante.

—Decidiste que era una fulana nada más verme —replicó ella, con tono desdeñoso—. Pero no se puede distinguir a una virgen de una prostituta.

—Me parece que es un poco tarde para reivindicar la virginidad.

—Las prostitutas no llevan marcas identificativas para separarlas del resto de las mujeres —porfió ella—. La pureza no es un tatuaje o un olor. Y tampoco la promiscuidad o la mayoría de los hombres como tú, siempre dispuestos a tirar la primera piedra, apestarían.

—Solo conozco el parto de una mujer virgen —disputó él mientras quitaba la llave del contacto—. Todos los demás, estoy seguro, han sido de la manera habitual. A menos que estés a punto de notificar a los líderes religiosos del mundo que eres la segunda María y, en ese caso, entendería que tuvieras tanta prisa.

—¿Con cuántas mujeres te has acostado? —le preguntó ella, imperturbable.

Él se rio para ocultar su asombro.

—¿Es que quieres ser la próxima?

—Si estás casado y te has acostado con otra mujer, eres un hipócrita.

—Soy viudo.

Una mujer normal se hubiera disculpado, pero Sterling McRae no era una mujer normal.

—¿Y nunca has tocado a otra mujer en toda tu vida?

No debería haber mencionado a Tasnim, pensó Rihad, furioso consigo mismo. Y Sterling, por supuesto, interpretó correctamente su silencio.

—Ah, vaya. Parece que eres un hipócrita, así que no deberías juzgar a los demás. O tal vez no eres más que uno de esos cavernícolas para quienes la castidad solo importa cuando se trata de una mujer.

—El mundo se ha puesto patas arriba, evidentemente —dijo Rihad, pensando que era un alivio que aquel extraño interludio hubiese terminado—. Estoy recibiendo un sermón de una cínica estadounidense que ha vivido de los hombres durante toda su vida. Gracias a Dios hemos llegado.

Ella miró a su alrededor, desconcertada, y luego clavó en él sus ojos azules.

—¿Qué es esto? ¿Dónde estamos?

—Es un aeropuerto privado —respondió Rihad—. Y eso es un avión. Mi avión.

Sterling se llevó las manos al abdomen, como intentando proteger a su hijo y, a regañadientes, él la admiró por ese gesto.

—¿Quién eres?

Rihad sospechaba que lo sabía, pero experimentó una inmensa satisfacción mientras se giraba en el asiento para mirarla a los ojos. Estaba tan cerca que podía ver el temblor de sus labios, el momento de aterrado reconocimiento en sus ojos azules.

—Soy Rihad al Bakri —respondió, experimentando

una sensación de triunfo al ver que los ojos azules se nublaban–. Si el hijo que esperas es de mi hermano, entonces es mi heredero. Y eso significa que tanto el bebé como tú ahora sois mi responsabilidad.

Capítulo 3

E L TODOTERRENO parecía cerrarse a su alrededor y el corazón le latía con tal fuerza que solo una patadita del bebé la hizo salir de aquel estado de pánico. Sterling se pasó una mano por el abdomen, intentando calmarse.

«No va a hacerte daño. Si mi hijo es el heredero del reino de Bakri, no has estado más a salvo en toda tu vida».

Rihad al Bakri bajó del coche y cerró la puerta tras él. Sterling lo oyó hablando en árabe con varios hombres que lo miraban con reverencia. Era como si sus palabras hubieran creado una especie de encantamiento, un hechizo terrible que la dejaba inmóvil.

Y no era capaz de hacer nada más que quedarse allí, paralizada, intentando convencerse a sí misma de que, a pesar del pánico que sentía, de verdad estaba a salvo.

Tenía que ser así porque su hijo debía estar a salvo, de modo que aquello debía de ser una pesadilla de la que se despertaría en cualquier momento. Y, cuando se despertase, Omar estaría vivo, a su lado, con esa sonrisa suya, diciéndole que aquello no podía estar pasando, que no era posible.

Y aquel sería un sueño absurdo que le contaría

durante un largo desayuno en la terraza, con la fabulosa vista de Nueva York, hasta que los dos se echasen a reír.

Lo que daría por despertar y descubrir que todo aquello era un mal sueño, que Omar no había subido a ese coche en Francia, que no había perdido el control del coche mientras volvía a París...

Pero la puerta del todoterreno se abrió abruptamente y Rihad apareció frente a ella.

Porque, por supuesto, era él. Rihad. El jeque, el rey. El gobernante más respetado y temido de su pequeño país del Golfo Pérsico. El hermano mayor al que Omar admiraba, pero que siempre lo había hecho sentirse como un fracasado. Como si fuese menos que Rihad, como si tuviese que ocultar la verdad de quién era para que nadie la viese... especialmente al hermano que debería haberlo querido de manera incondicional.

Omar lo había querido a pesar de todo, pero ella no tenía ese problema.

—No hay ninguna mención del embarazo en los periódicos —dijo Rihad entonces.

—Imagina por qué —replicó ella—. Imagina quién no quería que se supiera.

—Habéis sido unos irresponsables.

Bajo la luz del sol tenía un aspecto formidable. ¿Cómo podía haber pensado que aquel hombre era un simple chófer? Destilaba poder por todos los poros. Exudaba masculinidad y autoridad en igual medida y ella... había caído en sus manos.

Rihad la miraba fijamente, con esos ojos dorados tan ardientes e infinitamente turbadores, hasta que pensó que nunca más sería capaz de respirar con normalidad.

—Creo que esta es la parte en la que el chófer ayuda a una señora tan distinguida como tú a bajar del vehículo —le dijo, irónico—. Sin usar términos que a ella pudieran molestarle.

—Te refieres a los insultos.

—Creo que es hora de que bajes del coche.

Cuando le ofreció su mano, Sterling supo que era una orden.

—No voy a subir a ese avión —le dijo, poniendo cuidado en la pronunciación de cada palabra, como si una perfecta dicción pudiese salvarla de él. Como si algo pudiera salvarla.

—No es una sugerencia.

Ya no se molestaba en interpretar el papel de chófer. Era una firme columna de poder, su voluntad se sentía como una cosa viva y tensa alrededor de los dos. Sterling no podía entender por qué se había hecho pasar por alguien que no era. Rihad no era un hombre que tuviese que fingir porque no le hacía falta. Era un hombre que tomaba lo que quería cuando quería.

Pero ella no iba a rendirse sin pelear.

—Tal vez no me has entendido, Rihad —le dijo, usando su nombre de pila para recalcar el poco respeto que sentía por él.

Sintió que lo afectaba la impertinencia y el brillo de sus ojos se volvió más taimado. La miraba como si ella fuese un animal atrapado y estuviera decidiendo cuál era la mejor manera de terminar con su sufrimiento. Y esa no era una idea muy consoladora.

–Prefiero morir a ir contigo a ningún sitio.

Rihad se inclinó para asomar la cabeza en el interior del coche y todas las terminaciones nerviosas de Sterling se pusieron en alerta. Sintió algo parecido al miedo, pero enseguida se dio cuenta de que no era miedo, sino una sensación que no reconocía y con la que no sabía qué hacer.

Desearía saltar del coche y salir corriendo, pero no podía hacerlo. Aquel hombre no le haría daño físicamente mientras estuviese embarazada de su heredero, pero había cosas peores.

Y ella las había visto de primera mano.

–Por favor, créeme –dijo Rihad con tono letal–. Si eso fuera posible, lo haría.

–Qué agradable –murmuró ella, intentando disimular su miedo–. Me encantan las amenazas.

Rihad sonrió.

–No te hagas ilusiones. Solo estoy interesado en el hijo que esperas, no en ti.

–Es el hijo de Omar –replicó ella–. Y como él ya no está, el bebé es mi responsabilidad, no la tuya.

–Ahí es donde te equivocas –el tono de Rihad era tan despiadado e inflexible como su formidable rostro–. Si es el hijo de mi hermano...

–¡Por supuesto que es el hijo de tu hermano!

Entonces pensó que no debería insistir en eso. Si Rihad creía que el hijo era de otro hombre, si pudiera convencerlo, tal vez la dejaría ir. Pero algo en su mirada oscura le dijo que él había llegado a la misma conclusión.

–Entonces, como te he explicado, su hijo sería el siguiente en la línea de sucesión al trono de mi país

–siguió él, encogiéndose de hombros–. Y esa es una situación que afecta al futuro de mi país.

–Me niego a ir a ningún sitio contigo –insistió Sterling.

–Baja del coche o tendré que sacarte yo mismo y no creo que eso te gustase.

–Vaya –dijo ella, riéndose– esta ha sido una mañana para explorar las dimensiones de tu carácter, ¿no?

–Escúchame bien –le advirtió él, con una mirada tan poderosa que la dejó inmóvil–. No hay nada que no esté dispuesto a hacer por mi país. Nada en absoluto.

–Qué heroico –replicó ella, sarcástica, para intentar disimular su agitación–. Creo que los dos sabemos que la verdad es menos noble. Tú no eres más que un retrógrado cavernícola que nunca es cuestionado por nadie y nunca se ve forzado a enfrentarse a las consecuencias de sus actos.

–Creo que me confundes con mi hermano –replicó él, y su tono levemente amenazador la hizo pensar que eso le había dolido–. Yo no soy el famoso playboy que ha vivido una vida de lujo y desenfreno. Ese era Omar. Yo soy quien ha tenido que solucionar los problemas que él ha creado una y otra vez.

Sterling quería ponerse a gritar, pero se limitó a apretar los puños.

–Supongo que te refieres a mí. Yo soy el problema.

–No, tú no eres un problema –el tono de Rihad estaba cargado de cinismo–. Eres un vertido tóxico. Eres corrupta y destruyes todo lo que tocas. Llevas haciéndolo una década. Lo que le hiciste a mi hermano no tiene perdón y me horroriza pensar que puedas clavar tus garras en la siguiente generación de mi familia. Pero yo soy un hombre de deberes, no de deseos, y aunque preferiría fingir que no existes, no puedo hacerlo.

Sterling no podía respirar. Aquello era demasiado. La devolvía a esa terrible casa de Iowa, con unos padres de acogida que la habían tomado por su personal saco de arena. Despreciable y sucia por su trágica historia. Por un momento, casi volvió a esa oscuridad, pero la brillante mirada de Rihad le dio fuerzas.

Había sobrevivido a algo mucho peor que aquel hombre y de ningún modo volvería a sentirse despreciable y sucia, por grosero que fuera.

—¿Y por qué quieres llevar a ese «vertido tóxico» a tu país? ¿No sería un peligro?

—No te preocupes, no es fácil llevarme por el mal camino —respondió él. Y su tono de voz y el brillo de sus ojos la hicieron sentir un calor que no entendía—. Además, tengo toda una vida de preparación. Tú no eres más que un nuevo desastre que debo solucionar.

—Y luego te preguntas por qué no quiero ir contigo —murmuró Sterling, irguiendo los hombros—. No te tengo miedo, Rihad.

Y era cierto. La hacía sentir angustia por el futuro, pero no le tenía miedo. Aunque no lo entendía, no tenía sentido.

—Ponte a gritar, insúltame todo lo que quieras —la desafió Rihad, encogiéndose de hombros—. Pero esto terminará de la misma forma, hagas lo que hagas. Lo que es de Omar pertenece a Bakri y lo que es de Bakri, es mío. Y haré lo que tenga que hacer para proteger lo que es mío, aunque eso signifique secuestrarte para conseguirlo.

Sterling no sabía si el nudo que tenía en la garganta era de pánico, de pena o de resignación.

«No seas absurda», se dijo a sí misma. Pero su tono, su forma de mirarla, era como un presagio.

–Claro que si quieres... –siguió él, con ese tono desafiante que la hacía sentir escalofríos– ponme a prueba.

Sterling no dijo nada, pero bajó del todoterreno porque era una persona realista. Sí, esos años con Omar la habían tentado a ser optimista, pero en el fondo siempre había sabido lo que acechaba bajo los momentos más felices. Siempre había sabido que todo terminaría mal.

De modo que bajó del coche y se colocó frente a aquel hombre terrible, decidida a seguir representando su papel. Sterling McRae, la mantenida de un hombre rico. Un «vertido tóxico», ni más ni menos. Deseada por muchos, conquistada por nadie salvo por Omar. Era un papel que se le daba bien.

Levantó una mano para quitarse el prendedor del pelo y sacudió la cabeza para dejar que la rubia melena le cayera sobre los hombros. Y de inmediato vio la masculina respuesta en sus ojos.

Todos los hombres eran iguales, incluso con una mujer embarazada. Incluso los reyes.

–¿Durante cuánto tiempo estaré secuestrada? –le preguntó.

–Ah, Sterling –dijo él, con el mismo tono falsamente amable–. ¿No sabes cómo va a terminar esto?

–Si Dios existe, contigo cayendo muerto ahora mismo.

Él sacudió la cabeza.

–Siempre puedes rezar para que así sea. Eso no cambiará lo que va a pasar, pero tal vez tú puedas verlo con cierta serenidad.

–¿Es como llamas a esto, «serenidad»?

–Lo llamo sentido del deber, pero dudo que tú entiendas a qué me refiero.

–Lo dice el hombre que se casó con una desconocida por conveniencia y pensó que eso lo convertía en un ser virtuoso –replicó Sterling–. Me da más miedo tu ego que tu sentido del deber.

–Tú no sabes nada de mi matrimonio –afirmó Rihad con un tono letal–. Absolutamente nada.

–Sé que esperabas que Omar hiciese el mismo sacrificio sin pedir su opinión. Y puedes creer las historias que quieras sobre mí y mi pasado, pero yo no tuve nada que ver. Yo era lo único en la vida de Omar que le hacía feliz.

–Sterling...

Rihad la miraba con gesto impasible, formidable.

–Si vas a aburrirme con mentiras sobre tu idílico matrimonio de conveniencia, creo que paso.

–Es mi segundo matrimonio lo que debería preocuparte, no el primero.

Sterling le devolvió la mirada. Y cuando entendió a qué se refería fue como si una ola se la tragase. Tenía que hacer un esfuerzo para respirar.

–¿Y conozco a la afortunada? –le preguntó–. Porque me gustaría darle el pésame.

–Un heredero de la casa real no puede nacer fuera del matrimonio –respondió él. Y Sterling no sabía si su tono era de furia o de satisfacción. Tal vez las dos cosas–. Supongo que lo sabrás.

Ella levantó la barbilla en un gesto beligerante.

–No voy a subir a ese avión, no voy a dejar que te acerques a mi hijo y, desde luego, no voy a casarme contigo. Tus herederos son tu problema, no el mío.

El jeque se limitó a sonreír.

–No te he pedido que te cases conmigo, te he dicho lo que va a pasar. Resígnate o no, me da igual. Ocurrirá de todos modos.

–Tú no puedes ordenarme que haga nada –replicó Sterling, sin poder controlar el temblor de su voz, como si él ya le hubiese puesto las cadenas para llevarla a su mazmorra–. Y tampoco puedes obligarme a que me case contigo.

–Presta atención –dijo Rihad entonces, su mirada era tan ardiente como el sol del verano, pero mucho más destructiva–. Soy el rey de Bakri, así que no requiero tu consentimiento. Puedo hacer lo que quiera cuando quiera. Y lo haré.

Capítulo 4

DOS SEMANAS después, en el palacio real, rodeados de sus leales súbditos y absolutamente contra su voluntad, Sterling se casaba con el jeque Rihad al Bakri.

Aunque a nadie parecía importarle si la novia estaba o no dispuesta. Y menos que a nadie al novio.

–No quiero casarme con este hombre –les había dicho a los allí reunidos mientras Rihad la llevaba de la mano hacia la sala en la que tendría lugar la ceremonia–. ¡Me está obligando a casarme con él!

No esperaba que nadie hiciese nada, pero esperaba... algo. Algún tipo de reacción, algún reconocimiento, por pequeño que fuera. Pero los aristócratas de Bakri reunidos allí se limitaron a mirarla con indiferencia.

–No hablan tu idioma –le dijo Rihad al oído, resplandeciente con su túnica tradicional. Tanto que Sterling no quería mirarlo porque era demasiado atractivo a pesar de todo.

No quería casarse con él, pero no parecía importarle que la tocase y esa contradicción la estaba volviendo loca.

–Y aunque lo hicieran, ¿a quién crees que apoyarían? ¿A su querido rey o a la mujer que llevó a mi hermano por el camino de la perdición?

–¿No les importa que te cases con una mujer que espera el hijo de otro hombre?

Pero nadie parecía particularmente conmovido por eso.

–Al contrario, me consideran un héroe por proteger el honor de mi familia –respondió él tranquilamente–. Debo cumplir con mi deber, un concepto que tú desconoces, aunque para ello tenga que rebajarme a casarme con una cualquiera sin apellidos, educación ni vergüenza.

Había hecho pedazos toda su vida con esas crueles palabras y Sterling no podía respirar. Querría salir corriendo, pero él apretaba su brazo y sabía que no debía ponerlo a prueba.

–Nadie podría evitar que me arrojase al mar para ahorrarte este gran acto de caridad. ¿Por qué crees que no voy a hacerlo?

Tenían el mar frente a ellos, como una promesa de eternidad, pero a ella le parecía una prisión, como el avión que la había llevado a Bakri días antes, o como las habitaciones en las que se alojaba, por lujosas que fueran.

Pero Rihad se encogió de hombros en un gesto indolente.

–Salta –la invitó–. Es una caía de treinta metros sobre las rocas y, la verdad, así me libraría de ti y de lo que tú representas –Rihad esbozó una sonrisa cuando ella lo fulminó con la mirada–. ¿Pensabas que te suplicaría que no lo hicieras? No soy tan bueno.

Estaba convencido de que no lo haría y tenía razón. Había sobrevivido a demasiadas cosas, había llegado demasiado lejos como para quitarse la vida, aunque no tuviera que pensar en su hijo.

No era la primera vez que tenía que apretar los dientes para soportar una situación desagradable, pensó, mirando a aquel hombre implacable y fiero. Y dudaba que fuese la última vez.

Rihad no parecía violento. Era desagradable y pensaba lo peor de ella, pero sabía que, por el momento, no podía escapar de allí, de modo que clavó los ojos en el oficiante, un hombre bajito y arrugado, y se rindió.

Cuando dejó de interrumpir, la ceremonia siguió adelante. Sterling lo veía todo como a distancia, como si fuera una película. Una mujer embarazada vestida de blanco al lado de un apuesto hombre moreno que sonreía con la expresión satisfecha de alguien que siempre se salía con la suya. Parecía dar igual que ella no participase en la ceremonia, que no hablase una palabra de su idioma.

El hombre que los casaba señaló a Rihad, que dijo algo en un impenetrable árabe... y se terminó.

Los invitados aplaudieron, como si aquella fuera una ocasión feliz. O como si fuera una boda de verdad.

–Te odio –le dijo Sterling. Estaban rodeados de gente, como si hubiera razones para una celebración cuando Rihad la había secuestrado, atrapándola en su mundo, en su palacio. Cuando la tenía en sus manos. Se dijo a sí misma que eso que temblaba dentro de ella, o el hecho de que no pudiese respirar, era un arranque de ira. Porque se negaba a aceptar que fuese otra cosa–. Siempre te odiaré.

–Siempre es mucho tiempo, Sterling –respondió Rihad con tono burlón–. La mayoría de la gente no es capaz de mantener una emoción como esa. Odio, amor –murmuró, encogiéndose de hombros–. La pasión siempre es más excitante cuando es temporal.

–Y tú eres un experto, claro.

–Mi experiencia no se puede comparar con la tuya. Eres famosa por tus conquistas.

–Aún no te has casado con una mujer que quisiera estar contigo por voluntad propia –replicó Sterling–. Dudo que sepas lo que es la verdadera pasión.

La sonrisa de Rihad se convirtió en una mueca letal.

–Olvidas que tampoco te he elegido a ti –le dijo al oído, haciéndola temblar. Sterling sabía que él lo había notado y eso era una especie de traición–. Cumplí con mi obligación hacia mi país la primera vez que me casé. ¿Crees que quería hacerlo de nuevo?

–Entonces deberías haberme dejado en Nueva York.

–No –dijo él con tono firme–. El bebé no puede nacer fuera del matrimonio y ser reconocido como parte de la familia real.

–Omar dijo que no habría ningún problema –insistió Sterling mientras los empleados del palacio invitaban a los cortesanos a levantarse de sus asientos para llevarlos hacia la terraza–. Dijo que, si tú querías, podías cambiar las leyes. Después de todo, eres el rey.

Rihad tomó su brazo y Sterling contuvo el aliento. Porque no sentía la típica repulsión ante el menor roce físico. Era su odio por él, se dijo a sí misma. El odio que sentía por él lo trastocaba todo.

–Qué típico de mi hermano. En lugar de adherirse a una tradición milenaria, ¿por qué no exigir que se cambie la tradición a su conveniencia? No sé por qué me sorprende.

Sterling abrió la boca para defender a Omar, pero la oscura mirada de Rihad se lo impidió. No tenía sentido discutir, estaba claro.

En silencio, la llevó por el glorioso palacio hasta las habitaciones en las que había sido instalada cuando llegó a Bakri; un silencio fulminante. Se sentía agitada, incómoda, y temblaba de la cabeza a los pies. No sabía si porque la boda había tenido lugar exactamente como él había predicho o porque el roce de su mano provocaba un incendio por todo su cuerpo.

O porque cuando se inclinó para hablarle al oído lo había sentido por todas partes. Por todas. Como la más íntima de las caricias.

Aún seguía sintiéndolo y no sabía qué hacer.

Cuando llegaron a la puerta de la habitación, Sterling se dio cuenta de que no sabía qué iba a pasar. En realidad, se negaba a pensar en aquella farsa de boda y, por lo tanto, no había pensado... en el resto.

¿Esperaría Rihad...? ¿Creería que iban...? No quería ni pensar en ello, pero sintió un humillante golpe de calor que la recorría de arriba abajo y se llevó una mano al abdomen, tanto para recordarse a sí misma que estaba embarazada como para mitigar esa extraña agitación.

Pero Rihad se limitó a dejarla en la espaciosa habitación, la prisión más hermosa que había visto nunca, y luego se dio la vuelta sin decir una palabra.

Sterling se quedó en medio de la habitación, con

su precioso vestido blanco de seda que le daba un aspecto de reina.

—¿Ya está? —le espetó.

Él se volvió lentamente. Le pareció particularmente apuesto entonces, con su túnica ceremonial y esa distante e inescrutable expresión. Apuesto y terrible al mismo tiempo.

Pero no creía que fuese miedo lo que hacía que se le acelerase el pulso.

—¿Qué esperabas? —le preguntó con toda tranquilidad, aunque el brillo de esos ojos dorados la dejó sin aliento—. ¿Una boda formal, un banquete tal vez para poder insultar a mis invitados y a mi gente con tu agria actitud occidental? ¿Para reírte de nuestra cultura y nuestras tradiciones? ¿Para avergonzar a mi familia, a mí, más de lo que ya lo has hecho?

—No vas a hacer que me sienta culpable por una situación que tú mismo has provocado —replicó ella, sintiéndose absurdamente avergonzada, como si él tuviera razón.

«Pero es absurdo. No tiene razón. Le hizo daño a Omar y te ha secuestrado».

Pero podía sentir la vergüenza dentro de ella de todos modos. Como si su cuerpo se hubiera puesto del lado de Rihad.

—¿O tal vez quieres hablar de los derechos maritales? ¿Habías pensado que insistiría? —Rihad dio un paso adelante, con su mirada clavada en ella como una caricia—. Siento decepcionarte, pero tengo cosas mejores que hacer que forzar a la amante de mi hermano, a la...

—Entonces vete —lo interrumpió ella para evitar que

volviese a insultarla–. Yo me quedaré aquí, odiándote. Casada contigo, atrapada contigo. ¿No suena agradable?

–Es la vida normal de millones de parejas en todo el mundo –replicó él, riéndose. Su risa la afectaba de una forma extraña y Sterling sabía que debería apartarse, buscar un terreno más seguro, aunque pareciese una retirada–. Y, sin embargo, no hay nada normal en esto, ¿verdad?

Y algo cambió entonces. El aire, la luz que entraba por las ventanas. O más turbador, esa cosa eléctrica, esa energía que había entre los dos y que brillaba en su fascinante mirada, oscura y embriagadora.

Tal vez por eso no hizo nada cuando él levantó una mano para acariciarle la mejilla. Se lo permitió cuando ella nunca dejaba que nadie la tocase. Le sostuvo la mirada y contuvo el aliento, el calor de su mano le decía cosas que nunca había querido saber sobre sí misma. Porque sentía tantas cosas, tantas sensaciones salvajes e intensas, y ninguna de ellas era repulsión.

–Maldita sea –murmuró Rihad, como si él fuera el maldito. Como si estuviera tan perdido como ella–. Todo esto es un error. Todo en ti es un error.

Luego inclinó la cabeza y se apoderó de su boca, reclamándola como si lo hubiera hecho mil veces. Como si hubiera sido así siempre.

Y el mundo se detuvo entonces.

Sterling se preparó para un ataque de pánico que no llegó. Porque el beso de Rihad provocó un incendio que la envolvió y alteró todo lo que tocaba.

Largo, ardiente, lento y minucioso.

Asombrosamente carnal. Deliciosamente perfecto.

Nada que ver con los besos que se había imaginado encerrada en su pequeño mundo, donde nunca se había arriesgado a probar el roce de un hombre. El beso de Rihad era posesivo y devastador como un tifón, haciendo que se olvidase de todo salvo de él. De todo salvo de aquello.

Solo sabía que era una mujer, su mujer, y necesitaba aquel incendio hasta que no fuera más que cenizas, anhelo, fuego y deseo.

Que Dios la ayudase, quería ser suya.

Rihad se apartó entonces y notó que su aliento era tan entrecortado como el suyo.

Él dio un paso atrás y Sterling sintió como si la hubiera expulsado de un lugar de vívidos y brillantes colores para dejarla en un sitio gris y helado. Se miraron el uno al otro durante lo que le pareció una eternidad.

Sterling reparaba en todo y en nada al mismo tiempo. Los finos tapices de las paredes, en tonos rosas, rojos y oro viejo, las estatuas de mármol, el brillante cristal de las lámparas de araña, el interminable mar al otro lado de las ventanas. Tenía el mundo frente a ella, pero siempre fuera de su alcance, tan alto era el acantilado en el que estaba el palacio real.

Su bebé parecía encajado en la parte baja del vientre aquel día, como si hasta su hijo expresara disgusto por lo que estaba pasando.

Y Rihad, su marido, el hombre que acababa de besarla, con esos ropajes tradicionales que destacaban su fuerza, su poder, parecía lo que era: un jeque, un rey. La intensidad que llevaba con él era como una espada que podía blandir a voluntad.

Su rostro parecía cincelado en granito, aunque sus ojos dorados la quemaban de tal modo que Sterling no podía apartar la mirada.

–No sé lo que vas a decir, pero no lo hagas –no reconocía su propia voz y sabía que eso era demasiado revelador, que decía demasiado. Pero no podía evitarlo–. Hoy no.

Rihad tomó aire, como intentando recuperar el control. Como si también él estuviese agitado. Como si el incendio que aún crepitaba entre los dos fuera demasiado peligroso.

–Estoy emocionado –dijo Rihad entonces, con tono burlón. Y ella entendió que todo era una ilusión por su parte. No estaba afectado en absoluto–. No sabía que nuestra boda significase tanto para ti, considerando lo amargamente que te quejas.

Sterling se sentía enferma porque, mientras Rihad se burlaba, ella aún seguía sintiendo ese beso como una caricia, como si hubiera pasado la mano sobre su piel desnuda, provocando un latido en su sexo.

–Tú no sabes nada sobre mí –le espetó, con lo que le pareció una calma admirable después de que esa boca tan ardiente y masculina hubiese provocado un terremoto en su interior.

–El problema es que sé demasiado sobre ti –replicó él–. Y, a pesar de la tentación, no puedo olvidar que fuiste la mantenida de mi hermano durante una década.

–Y ahora soy tu mujer –dijo ella, asombrada de

que su voz sonase tan calmada cuando estaba a punto de explotar–. Enhorabuena.

–Deja que te aclare cómo funcionará este matrimonio. Te quedarás en el palacio hasta que hayas tenido a tu hijo. ¿Quieres darle el pecho?

–Yo... –Sterling se sentía como si la hubiera tirado por el balcón después de todo. ¿Un momento antes estaba besándola apasionadamente y al siguiente la interrogaba sobre sus planes de dar el pecho a su hijo?

–Me da igual que lo hagas o no –añadió Rihad cuando ella lo miró con gesto de perplejidad–. Pero, si lo haces, te quedarás aquí hasta que el bebé esté destetado. Recibirás todos los cuidados y la ayuda que necesites, por supuesto. A todos los efectos, ese niño es ahora mi hijo.

–Es el hijo de Omar, mi hijo. Nada de lo que tú hagas podrá cambiar eso.

–Sí, claro –dijo él con tono feroz–. El hijo de Omar, la amante de Omar. Los muchos problemas de Omar. Esto no es nuevo para mí, Sterling. Llevo toda la vida solucionando los problemas de mi hermano. ¿Por qué iba a cambiar ahora que él ha muerto?

Sterling apretó los puños con tal fuerza que se clavó las uñas en las palmas de las manos.

–¿Qué será del bebé cuando deje de tomar el pecho? –le preguntó con tono seco, odiándose a sí misma al pensar que no solo había dejado que aquel hombre cruel la besara, sino que le había gustado. Más que eso.

Tal vez era una cualquiera como pensaba Rihad. Tal vez que nunca hubiese tocado a un hombre había ocultado una verdad esencial sobre ella.

–Eso depende de ti –respondió él–. Si te comportas podrás quedarte aquí, mientras no te conviertas en un estorbo. Pórtate mal y haré que te encierren en la zona más remota del país. Serás mi prisionera. Tú decides.

De repente, Sterling se sentía mareada. Pensar que aquella era su vida a partir de ese momento, que aquello estaba pasando de verdad, hacía que le diese vueltas la cabeza.

–Yo no quiero esto.

Rihad se encogió de hombros como lo que era, un jeque despreocupado por los sentimientos de los demás.

–La vida está llena de sacrificios –replicó–. Tu relación con mi hermano iba a tener consecuencias, te lo dijera él o no. Esta es una de ellas.

Sterling sacudió la cabeza, tanto para aclararse las ideas como para negar lo que decía.

–No entiendo por qué no me dejas ir.

–No pensarás que voy a dejar a un miembro de mi familia a tu cuidado, ¿verdad? –le espetó Rihad–. El niño se quedará aquí. Y, si tienes un mínimo de instinto maternal, lo cual dudo, tú misma decidirás quedarte. Un hijo necesita a su madre, aunque esa madre seas tú.

–Ya entiendo –consiguió decir Sterling, casi sin voz–. Eso suena como una cadena perpetua. Qué suerte tengo de que me secuestraras en plena calle y me obligases a contraer tan ventajoso matrimonio con el más benevolente y comprensivo dictador del mundo.

–Si no fueras tan egoísta verías que en realidad

tienes suerte –replicó él, con un brillo peligroso en los ojos–. Mucha más suerte de la que te mereces. Pero pensar en los demás no es lo tuyo o habrías dejado en paz a mi hermano hace muchos años.

–Eres un ser despiadado y sé que serás peor marido como sé que eres un pésimo rey. Qué alegría para todos.

Era más fácil odiarlo. Más limpio, menos complicado. De hecho, era un alivio.

Sterling vio un alarmante brillo de ira en los ojos oscuros y se preparó para más insultos, pero Rihad se quedó inmóvil, mirándola con el ceño fruncido.

No a ella exactamente. Más bien al suelo bajo sus pies.

Sterling bajó la mirada y vio un charquito alrededor de sus pies que mojaba el bajo del vestido y se extendía sobre el suelo de mosaico.

Se quedó paralizada. No podía ser....

El charquito anunciaba lo que debería haber adivinado esa mañana, cuando apenas pudo levantarse de la cama, pero estaba demasiado furiosa y angustiada como para pensar en ello.

Acababa de romper aguas y su hijo estaba a punto de llegar al mundo, dos semanas antes de lo previsto, estuviese ella preparada o no.

Capítulo 5

TREINTA y seis horas después de besar a una esposa a la que no quería, en un momento de insensatez que lo había perseguido desde entonces, Rihad estaba en la habitación del hospital, observando a Sterling dormir.

No sabía por qué estaba allí, merodeando como un amante despechado cuando los dos se habían visto obligados a aquel matrimonio, él por las circunstancias y ella... por él. Y, sin embargo, no podía apartar la mirada de Sterling, la mujer a la que había llamado «vertido tóxico».

No debería lamentarlo. Era la verdad, pero le resultaba difícil recordarlo en ese momento.

Había ligeras marcas oscuras bajo sus largas pestañas, la única indicación en su hermoso rostro de cómo había pasado el último día y medio. Y era tan preciosa, casi angelical en reposo. Nunca la había visto así, tan vulnerable, tan suave. Hasta entonces solo la había visto peleándose con él, lanzando insultos o desafiándolo. O en las fotografías de las revistas, con los pechos escapando del escote de un ajustado vestido y el brazo de Omar en su cintura.

En ese momento no parecía tóxica en absoluto.

Y, de repente, Rihad no podía respirar.

A su lado, en un moisés, podía ver los rizos oscuros y la arrugada carita morena de su hija. Era un milagro.

Después de la escena en el palacio la habían llevado al hospital, donde los mejores doctores de Bakri le habían asegurado que, aunque el bebé era prematuro, no habría problemas durante el parto ni para él ni para la nueva reina.

Y así fue, cuando la hija de Sterling llegó al mundo era una niña perfectamente formada. Diminuta quizá, pero absolutamente perfecta.

Y Rihad había visto a la mujer a la que había tratado como a una fría y calculadora buscavidas sonriendo a la niña que tenía en brazos, con un gesto tan íntimo, tan lleno de amor, que era casi insoportable mirarlas.

Había tenido una extraña sensación entonces, un profundo remordimiento. Como si de verdad ella debiera ser suya, como si la niña debiera ser su hija. Como si debieran ser una familia más que de nombre.

Como si él hubiera tenido que estar a su lado, apretándole la mano, recordándole que no estaba sola, compartiendo su fuerza para hacerlo más fácil. No como un intruso en esos primeros momentos entre madre e hija, sino siendo parte de ello.

Era una locura, por supuesto, y Rihad intentó sacudirse tan extraños pensamientos mientras se acercaba a la cama con gesto serio.

Sterling había levantado la mirada y su expresión cambió por completo. No era una sorpresa, claro, pero Rihad lo había sentido como una bofetada. Sterling había apretado los labios al verlo, velando la alegría de su mirada.

Y él lo había odiado.

–Su nombre es Leyla –dijo ella después de un momento.

Lo miraba fijamente y Rihad tenía la impresión de que estaba esperando un ataque.

Y era comprensible, pero ahondaba más en esa inexplicable sensación de pérdida. La niña emitió un infantil gemido y, cuando Sterling miró a su hija esbozando una dulce sonrisa, Rihad se quedó sin respiración.

Nunca había visto esa expresión en su rostro, ni siquiera en las fotografías en las que aparecía con Omar. Alegre, cariñosa, adorable.

Incluso pura.

Absurdamente, se preguntó cómo sería si esa sonrisa fuese dedicada a él... y luego se preguntó si había perdido la cabeza.

–Era el nombre favorito de Omar para una niña –siguió ella un momento después–. Pero no es necesario... quiero decir ¿hay alguna tradición en tu país que yo deba conocer?

–No –respondió él, tenso y alterado–. Leyla es un nombre precioso.

–Es maravillosa –susurró Sterling, inclinando la cabeza hacia la niña en un gesto fieramente protector.

Y Rihad tenía que marcharse. Porque no sabía qué hacer con aquello que rugía dentro de él, con esas emociones enredadas que no sabía cómo procesar.

Emociones que no reconocía. ¿Qué sitio había habido para las emociones en su vida hasta entonces? Su mundo era frío, racional y lógico. Era su arma, su fuerza. La piedra angular de su habilidad para gobernar el país. No sabía qué demonios hacer con aquellos sentimientos. No sabía en qué lo convertía sentir algo por aquella mujer y su hija.

Había esperado hasta que cayó la noche antes de volver a la habitación, cuando su jefe de seguridad le dijo que Sterling estaba dormida. Inventó mil razones por las que era apropiado, incluso una muestra de respeto hacia una mujer que acababa de dar a luz, pero la verdad era que estaba perdido y lo sabía.

Ya no estaba seguro de sí mismo, como si fuera un desconocido desde que Sterling salió de aquel edificio al otro lado del océano. Pero no podía dejar de mirarla.

La niña se movió en el moisés, gimiendo como un gatito y, con el corazón encogido, Rihad se sentó en una silla, a su lado.

–Calla, pequeña –murmuró, pasando los dedos por una de sus mejillas y maravillándose de su suavidad–. Deja que tu madre duerma.

Cubrió el cuerpecito de la niña con una mano para darle calor, como había hecho con su hermanastra, Amaya, cuando nació. Como había visto hacer a su madre cuando nació Omar y él era un niño pequeño. Y la niña se calló.

Rihad se quedó inmóvil, mirando el dulce rostro, los rizos morenos y esos ojos negros que tanto le recordaban a su hermano, intentando entender las tumultuosas emociones que experimentaba.

Era como un terremoto, aunque sabía que el suelo no se había abierto bajo sus pies. Sentir el calor del cuerpecito de Leyla provocaba en él una intensa emoción.

Llevaba tanto tiempo furioso... Una rabia profunda lo consumía desde que recibió la llamada de la prefectura de París. Desde que tuvo que enterrar a su hermano pequeño tantos años antes de lo que debería. Entendía esa rabia y ese dolor, pero entenderlo no había conseguido calmar su furia contra la mujer que lo había convertido en alguien irreconocible y contra el matrimonio al que se había visto obligado. Una furia que se mezclaba con emociones a las que no quería poner nombre.

Hasta entonces había sido fácil concentrar toda su ira en Sterling. La amante de su hermano, su nueva esposa...

Pero la ira había desaparecido, se había extinguido completamente.

Ese terremoto interno le arrebataba la furia y lo dejaba sin nadie a quien culpar. Solo quedaba el horror por la muerte sin sentido de su hermano.

Y aquella niña diminuta, perfecta, era todo lo que quedaba de Omar en este mundo. Aquella cosita tan nueva era lo único que quedaba del hermano al que Rihad había querido proteger de su propio libertinaje.

–No te fallaré, pequeña –le prometió–. Pase lo que pase.

Sintió la humedad en su rostro, pero no intentó apartar las lágrimas. En aquella habitación oscura donde nadie podía verlo, donde no podía verse a sí mismo, donde tenía una nueva vida entre las manos, lloró por su hermano perdido.

–No volveré a fallarte –le susurró a la oscuridad, a Omar, donde estuviese en ese momento. A la niña, que era lo único que quedaba de su hermano. A la mujer que él había preferido por encima de su propia familia, aunque Rihad no podía entenderlo. Nada de eso importaba ya–. No fallaré a la familia que has dejado atrás. Te lo juro.

Esa noche, Sterling se despertó una y otra vez, sacudida por un pánico interno que hacía que se incorporase en la cama, alarmada. Pero Leyla siempre estaba a su lado, más bonita cada vez que besaba sus dulces mejillas o apretaba el suave cuerpecito contra su pecho.

Esos primeros días fueron un borrón. Nada la interesaba salvo aquella diminuta criatura que había traído al mundo y el aprendizaje necesario para cuidar de ella como se merecía, incluso en el palacio de Bakri, donde tenía toda la ayuda que pudiera necesitar. Eso no alteraba el peso de la responsabilidad que sentía hacia aquella niña a la que quería más de lo que hubiera creído posible.

El mundo se limitaba a Leyla, solo Leyla, y a través de ella su conexión con Omar, que parecía menos perdido cuando abrazaba a su hija.

Aparte de eso no había nada salvo el hombre oscuro y silencioso que las vigilaba, hasta que Sterling empezó a acostumbrarse. O tanto como alguien podía acostumbrarse a un hombre tan intenso e inquietante como Rihad.

Incluso había soñado haberlo visto en la habitación mientras dormía, vigilándola como un ángel de la guarda. Sabía que era absurdo, claro. Había dejado de creer en el ángel de la guarda mucho tiempo atrás y Rihad era más un guerrero que un ángel, pero la sensación era consoladora de todos modos. La hacía sentirse segura.

Tal vez una mujer que no acabase de dar a luz cuestionaría esa sensación, examinaría sus sentimientos, intentaría entender las razones por las que un hombre como Rihad le ofrecía seguridad cuando ella sabía perfectamente que no era así.

En cualquier caso, intentó olvidarse de todo mientras se centraba en Leyla. A pesar del amor y la esperanza que la habían inundado desde el momento en que nació, la niña no ganaba el peso que debería y, durante las primeras tres semanas de su vida, Sterling tuvo que luchar contra el pánico y la preocupación. No podía dormir y lloraba cuando intentaba darle el pecho y la niña no lo aceptaba.

Fracasaba una y otra vez.

Lo único que había querido siempre era tener su propia familia; tener un hijo al que trataría mejor de lo que ella había sido tratada, pero ni siquiera era capaz de dar de comer a Leyla.

Cuando Rihad la encontró sentada en la mecedora al lado de la cama, por fin dándole el biberón a Leyla bajo órdenes estrictas del médico de palacio, Sterling se había rendido. No recordaba la última vez que se había duchado, la última vez que había dormido o sentido algo que no fuese angustia, dolor y preocupación.

Le dolía todo. Por dentro y por fuera, pero su

niña, que no había querido el pecho, por fin estaba comiendo ansiosamente, casi con regocijo. Verla comer debería hacer que se sintiera mejor y así era en cierto modo, pero no podía dejar de llorar y temblaba mientras sostenía el biberón sobre la boquita de la niña.

–¿Por qué lloras? –le preguntó Rihad–. ¿Ha ocurrido algo?

–¿Has venido a regocijarte? –le espetó ella, dejando que las lágrimas rodasen por sus mejillas porque tenía las manos ocupadas con la niña y el biberón–. ¿Para insultarme? ¿Para decirme lo tóxica que soy?

Y se quedó absolutamente sorprendida cuando el todopoderoso rey de Bakri tomó a la niña en brazos como si lo hiciera todos los días. Sostenía a Leyla en la curva de su brazo, con el biberón en la otra mano, tan competente como una de las enfermeras que habían estado ayudándola esos días.

Sosteniendo el biberón sobre la boquita de la niña, se enfrentó a la atónita mirada de Sterling cuando Leyla empezó a chupar con entusiasmo.

–¿Qué debería llamarte? ¿Se te ocurre algún insulto nuevo o es suficiente con los antiguos? Pareces recordarlos muy bien.

Sterling miró el horrible pijama que llevaba desde el día anterior e intentó cubrirse con la bata.

–Egoísta, frívola, yo qué sé –murmuró. Nada de lo que él pudiese llamarla sería peor de lo que se llamaba a sí misma–. Si fuese una mujer de verdad, una madre de verdad, sería capaz de darle el pecho, ¿no?

–Has traído a esta niña al mundo –respondió Rihad, con el mismo tono amable que usaba el médico. Pero ella no quería simpatía, quería saber por qué. Quería saber si sus padres de acogida habían tenido razón cuando decían que no se merecía tener una familia–. A juzgar por esta preciosidad de niña, yo creo que lo hiciste muy bien.

Sterling se pasó las manos por la cara, sorprendida al ver que le temblaban.

–Eso fue lo más fácil.

–Yo nunca lo he hecho, por supuesto, pero tengo entendido que, aunque el parto puede ser muchas cosas, fácil no es una de ellas.

–Había un montón de médicos y enfermeras ayudándome, aconsejándome. Podrían haberme drogado y la niña habría nacido sin mi participación.

Sabía que estaba diciendo tonterías, pero eso no cambiaba lo que sentía. Lo que sabía. Le había dicho a Omar que no podía hacerlo sin él, y allí estaba la prueba.

–No creo que Leyla pudiese haber nacido sin tu participación.

–Esto era lo que tenía que hacer, esto es lo que se supone que debía hacer y no soy capaz de hacerlo –siguió ella, frustrada.

Entonces miró a la niña que Rihad tenía en los brazos, la niña que podría ser hija suya. Tenían el mismo tono de piel dorado, los mismos ojos insondables. Porque, por supuesto, un hijo de Omar se parecería a Rihad. ¿Por qué no había esperado el parecido familiar? Sterling, enajenada por la tormenta que rugía en su interior, sintió algo a lo que no podía poner nombre.

–Parece que, al final, soy la inútil egoísta que tú piensas que soy –murmuró.

–Lo que pienso –empezó a decir Rihad– es que sería muy egoísta seguir intentando hacer algo que no funciona, y en contra de los consejos del médico, cuando el único objetivo es que Leyla coma. Da igual cómo lo consigas.

–Pero todo el mundo sabe...

Sterling necesitaba desesperadamente creerlo y, sin embargo, no quería perdonarse a sí misma. Le habían dicho durante años que era una inútil, que no valía para nada. Y siempre había sospechado que tenían razón.

–A mí me criaron con biberón, igual que a Omar –la interrumpió Rihad, con tono suave pero inexorable–. Nuestra madre nunca intentó siquiera darnos el pecho y nadie se atrevió a sugerir que la reina de Bakri era menos mujer por eso, te lo aseguro. Y yo creo que no he salido tan mal –añadió con tono burlón–. Tú preferías a Omar, ya lo sé, pero también él era producto de un biberón.

Sterling sintió un estremecimiento. Rihad se mostraba tan... afectuoso. Tal vez por eso no podía controlarse como debería. Por eso y por el sentimiento de culpabilidad, el miedo y la preocupación de que hubiera algo retorcido o podrido en ella que arruinaría la vida de su hija.

–Quiero ser una buena madre –susurró, como si aquel hombre fuese un sacerdote. Como si fuera seguro hablarle de sus miedos–. Tengo que ser una buena madre para Leyla.

Por Omar, sí, porque se lo debía. Pero también porque su propia madre había sido tan inútil, tan rematadamente incapaz de criar a una hija. Porque Sterling había sido una vez una niña llamada Rosanna a la que todo el mundo había descartado.

Y porque todo había cambiado.

Se había visto forzada a viajar al otro lado del mundo para casarse con un desconocido al que temía, había dado a luz a una niña diminuta de ojos negros y una frágil cabecita cubierta de rizos oscuros y, sencillamente, todo había cambiado.

Se sentía distinta, alterada por una sensación gloriosa y desconocida. El amor, quizá, la esperanza. O las dos cosas. Era como si una ventana se hubiera abierto en su interior, dejando entrar la luz del sol.

En cuanto tuvo a su hija en brazos supo que tenía que ser una buena madre para ella costase lo que costase.

Sus ojos se encontraron con los de Rihad por encima de la cabecita de Leyla. Aquel hombre que la detestaba, que pensaba que era una fulana, estaba intentando animarla. Y debía de estar perdiendo la cabeza porque le parecía un consuelo.

—Eres una buena madre —dijo él entonces.

Sonaba como un decreto real y Sterling quería creerlo. Cuánto desearía creerlo.

—Tú no sabes si lo soy —arguyó, pasándose una mano por el pecho dolorido—. Que no sea capaz de darle el pecho a mi hija dice lo contrario.

—Eso es lo bueno de vivir en una monarquía —dijo Rihad, con un esbozo de sonrisa—. La única opinión que cuenta es la mía. ¿No te sientes aliviada? Si yo digo que eres una madre excelente no es meramente un cumplido, sino un edicto, un decreto real.

–Pero...

–Venga, ve a ducharte –la interrumpió él con ese tono autoritario–. Sal a dar un paseo, duerme todo lo posible y deja que otros se ocupen de Leyla. La niña estará perfectamente, te lo prometo.

Sterling no se había separado de la niña desde que nació.

–Pero no puedo...

–Estás en el palacio real –le recordó él–. Yo soy perfectamente capaz de cuidar de una niña, pero no tengo que hacerlo porque hay un equipo de enfermeras para atender a sus necesidades. Algo que tú podrías haber notado si no llevases tres semanas torturándote a ti misma.

–Pero...

–El martirio es menos admirable de lo que la gente cree, Sterling. Y siempre termina de la misma forma desagradable y dolorosa –volvió a interrumpirla él–. Deja que las enfermeras hagan su trabajo.

–No las necesito –protestó Sterling, aunque estaba agotada–. Leyla es mi hija.

–Leyla es también una princesa de Bakri –le recordó Rihad, con esa innata autoridad. De verdad hablaba como si estuviese dando órdenes que esperaba fuesen obedecidas sin rechistar–. No hay nada, ningún lujo, ningún capricho, ninguna necesidad que no vaya a ser atendida de inmediato.

La miraba fijamente, como si viera cosas que Sterling estaba demasiado cansada para ocultar. Sí, definitivamente necesitaba dormir, se dijo a sí misma, porque era imposible que Rihad la mirase con una expresión que casi parecía de ternura.

Pero eso era imposible. Estaba delirando.

–No tienes que hacerlo todo sola, Sterling –dijo él entonces–. Especialmente en el palacio real. No sé qué quieres demostrar.

Ella sabía lo que tenía que demostrar, pero no podía decírselo. No podía contárselo a nadie y menos a Rihad, porque él no era su confidente. Era su marido, sí, pero solo sobre el papel. No había ninguna relación entre ellos, no había confianza ni afecto a pesar del extraño brillo que había imaginado en su mirada. No había intimidad.

Solo un beso, pensó, y el recuerdo hizo que se le pusiera la piel de gallina. Casi lo había olvidado.

Y debería olvidarlo porque no tenía sentido. Necesitaba dormir para no pensar en ello, para no recordar la ardiente mirada de Rihad mientras se apoderaba de su boca. Era mejor, más seguro, fingir que nunca había ocurrido.

En cualquier caso, Sterling dejó de discutir y se levantó para ducharse... llevándose con ella la imagen del implacable y terrible Rihad al Bakri sujetando a Leyla entre sus fuertes brazos.

Capítulo 6

TE DEBO una disculpa, Rihad –dijo Sterling, con tono serio y formal.

Se había esforzado mucho para que fuera así porque parecía armonizar con su extraño matrimonio. No quería parecer arrepentida porque no lo estaba.

Se hallaban en el retiro privado del rey, en medio de los jardines del palacio, rodeados por exuberantes plantas y flores de brillantes colores alrededor de tres fuentes. Era como un paraíso escondido dentro del palacio y el sitio más bonito que Sterling había visto nunca.

Claro que Rihad también era el hombre más apuesto que había visto nunca.

«Es como admirar un tapiz de mi habitación», se dijo a sí misma, sentada frente a la mesa de hierro forjado, con el desayuno preparado para ellos, como cada mañana.

«Que es apuesto es un hecho, no una impresión personal, y no compensa por lo mal que se portó con Omar».

Pero, cuando Rihad levantó la mirada del ordenador portátil, su expresión parecía más severa de lo habitual y Sterling giró la cabeza para mirar las fuentes del jardín. El agua caía a modo de cascada sobre las brillantes rocas, formando una piscina natural fresca e invitadora que él le había dicho podía disfrutar cuando quisiera.

Rihad la había visto en sus peores momentos, enajenada y desaliñada cuando Leyla no quería tomar el pecho, pero la idea de que la viese en bañador hacía que se le acelerase el corazón.

Decidió no preguntarse por qué, como hacía siempre, pero la situación estaba empeorando.

En esos meses, desde que Rihad tomó a Leyla en brazos e insistió en que cuidase de sí misma, todo había cambiado. Comían juntos todos los días... en fin, era más bien un decreto que comieran juntos siempre que le era posible y Sterling había decidido no discutir.

«No querías discutir», le dijo su vocecita interior. «O lo habrías hecho».

Pero él la miraba de una forma que hacía que contuviese el aliento, como si de verdad quisiera cuidar de ella. Como si de verdad fuese un ángel de la guarda, aunque ella sabía que era imposible.

Su vida había cambiado tanto desde el nacimiento de Leyla... Por fin era capaz de conciliar el sueño y pasaba los días con la niña y con el ejército de alegres y eficientes enfermeras que hacían que se sintiera como una buena madre. Daba largos paseos por los jardines del palacio, a veces empujando el cochecito de Leyla, otras veces sola, y empezaba a sentirse ella misma otra vez.

Qué extrañamente contenta se sentía allí, forzada al matrimonio con un hombre al que había jurado odiar para siempre. El día de su boda le había dicho que lo odiaba y hablaba en serio.

«Y luego lo besaste».

Habían pasado dos meses desde ese beso en el que pensaba más de lo que debería, pero decidió arrancar ese pensamiento de raíz.

Gracias a las enfermeras tenía tiempo para intercambiar correos electrónicos con sus amigos de Nueva York y recuperar algo de la vida que había dejado atrás cuando Omar murió.

Los amigos de Omar, previsiblemente, se sentían traicionados.

Entiendo que pienses así, les había contestado a uno detrás de otro, intentando contener su impaciencia. ¿Dónde estaban todos cuando intentó escapar de Rihad? Le habían enviado mensajes de texto, sí, la habían llamado por teléfono, pero ninguno de ellos había aparecido esa mañana para ayudar a una mujer embarazada a escapar de su destino.

Su plan había sido esconderse en algún sitio y esperar que Rihad no la encontrase. Eso había funcionado cuando tenía quince años o, al menos, había sobrevivido, pero ¿sería justo para Leyla? Se había casado contra su voluntad, pero después de esos meses en Bakri empezaba a pensar que el futuro de Leyla era lo más importante. Que solo eso importaba y daba igual que fuera el infame hermano de Omar quien lo hiciera posible.

Les había pedido en un correo electrónico a los viejos amigos de Omar, sus viejos amigos, que confiasen en ella.

Leyla es una princesa de Bakri y solo tendrá acceso a sus derechos siendo hija legítima. Ese es el objetivo de este matrimonio, la legitimidad de mi hija.

Pensando en el futuro, también se había puesto en contacto con fundaciones que ayudaban a niños de acogida cuando llegaban a la mayoría de edad y la respuesta había sido muy diferente. Las organizaciones no gubernamentales y fundaciones, con las que ella solía colaborar cuando vivía en Nueva York, estaban entusiasmadas al saber que era la reina de Bakri, un título al que Sterling jamás podría acostumbrarse.

Tal vez demasiado entusiasmadas, pensó esa mañana, cuando encontró su buzón lleno de cartas en las que le pedían ayuda para mil proyectos, muchos de los cuales no tenían nada que ver con los niños de acogida.

Solo entonces se dio cuenta de que Rihad estaba mirándola fijamente.

–¿Por qué me miras así?

–Has dicho que querías pedirme disculpas y luego te has quedado callada –respondió él–. Pensé que tal vez te habías quedado muda por la enormidad de tus pecados.

–Mis pecados han sido exagerados –replicó ella–. Quería pedirte disculpas por no haber sido más reflexiva cuando Leyla se negaba a comer. Me ayudaste mucho entonces y no te he dado las gracias.

Rihad tomó su taza de café, sin dejar de mirarla a los ojos. Y, aunque la niña dormía en el cochecito,

Sterling tuvo el loco deseo de despertarla para tener algo que la distrajese de esa mirada letal, de la energía que se arremolinaba entre ellos como el calor del desierto.

–Y yo pensando que te disculpabas por contarles a tus amigos estadounidenses que nuestro matrimonio es una farsa.

Sterling parpadeó, sorprendida.

–¿Qué?

–Creo que me has oído.

¿Había leído sus correos electrónicos? Sabía que Rihad era muy capaz de hacerlo, pero aunque así fuera...

–Yo no le he dicho eso a nadie.

–¿Te han interpretado mal entonces? –Rihad deslizó su tablet sobre la mesa–. Dime dónde está el error y se lo notificaré a mis abogados ahora mismo.

Sterling miró la página de una famosa revista sensacionalista.

Reina de Rebote, decía el titular. Luego, debajo:

La sensual Sterling McRae utiliza sus famosos ardides femeninos para embrujar al afligido hermano de Omar, el rey de Bakri, pero les cuenta a sus amigos de Nueva York: «Este matrimonio es por mi hija, Leyla. Solo es para cubrir las apariencias».

La peor parte, pensó Sterling mientras leía el ofensivo artículo con el estómago encogido, era que no sabía cuál de sus amigos la había traicionado.

–Entiendes que esto es un problema, ¿verdad? –le preguntó él, con un tono falsamente afable. En sus

ojos había un brillo peligroso y la tensión de su mandíbula dejaba claro que no estaba contento.

–Es una revista sensacionalista –respondió ella.
Sabía que estaba enfadado, pero no la asustaba, al
contrario–. Su trabajo consiste en crear problemas y
el nuestro en no hacer caso.

–En otras circunstancias estaría de acuerdo contigo –asintió Rihad–. Pero es una situación delicada.

Sterling se concentró en el desayuno, como si
fuera lo más importante del mundo y no tuviese
tiempo para otra cosa.

–Es una tontería. Cuantas más mentiras cuentan,
más revistas venden, tú lo sabes igual que yo.

Cuando levantó la cabeza, Rihad estaba mirándola fijamente, como intentando reunir las piezas de
un puzle.

Sterling tragó saliva y no sabía si era porque quería ocultarle sus secretos o porque quería contárselos
en un gesto suicida.

–El mundo entero sabe que Leyla es hija de Omar,
aunque mi nombre aparezca en su partida de nacimiento –dijo él después de un momento.

–¿Yo sabía que habías puesto tu nombre en la partida de nacimiento? –le preguntó ella–. Me parece
que no.

–¿Qué clase de legitimidad imaginabas conseguir
para Leyla cuando me casé contigo?

–Supongo que la clase de legitimidad en la que no
borrabas a Omar de su vida completamente –Sterling
alargó una mano para colocar la mantita sobre la
niña, aunque Leyla dormía profundamente.

–Es una maniobra legal, nada más –dijo Rihad

con un tono más seco–. Omar no ha sido borrado de ningún modo porque todo el mundo sabe quién es el padre de la niña. El sitio de Leyla podría estar asegurado sobre el papel, pero a ojos del pueblo de Bakri, y, más importante, a ojos de nuestros enemigos, la legitimidad de la princesa tiene que venir de nosotros.

–¿Nosotros?

–De mí, su rey. Y de ti, su nueva y controvertida reina.

Sterling hizo una mueca.

–No me gusta esa palabra.

–¿Cuál, nosotros o controvertida?

–Reina –respondió ella–. Es ridículo, no se corresponde con la situación.

Quería decir que no se correspondía con ella, una mujer sin apellidos ni linaje, y tuvo la extraña sensación de que Rihad sabía a qué se refería.

–Y, sin embargo, es tu título, que te fue concedido con toda ceremonia hace dos meses, cuando te casaste con el rey de Bakri. Que soy yo, por si no te acuerdas.

–Pero yo no quiero ser tu...

–Ya está bien –la interrumpió él, oscuro, terrible y enteramente fascinante, desde la rotunda nariz a la fuerte mandíbula cuadrada.

Sterling quería inclinarse hacia él, explorar su cara con los dedos... y se odiaba a sí misma por ello.

–Me da igual cómo te llames a ti misma. Eres mi reina quieras o no y sugiero que lo aceptes de una vez. Creo que entiendes perfectamente que no puede haber especulaciones sobre nuestro matrimonio porque eso solo serviría para dar alas a nuestros enemigos.

—¿Por qué hablas de enemigos?

—Bakri se ha visto sacudido por un escándalo tras otro y eso ha debilitado al país —respondió él—. Las impetuosas aventuras de mi padre, la muerte de mi mujer sin dejar un heredero, la famosa amante de Omar con la que él se pavoneaba en las revistas y su negativa a volver a Bakri para cumplir con su deber, el compromiso de mi hermanastra con Kavian, el rey de Daar Talaas, al que ella ha respondido escapando del país...

—Creo que me cae bien tu hermana —lo interrumpió ella, irónica.

—Amaya ha conseguido evitar a mi equipo de seguridad y al de Daar Talaas durante meses. Kavian sin duda se impacientará con ella, ¿y qué pasará cuando así sea? No habrá una alianza entre los dos países y Bakri se hundirá.

—¿Por qué?

—Hay demasiados poderes en la región que quieren nuestra ubicación y nuestra capacidad de transporte marítimo y no podemos mantenerlos a raya solos.

—Estás hablando de tus enemigos —Sterling levantó la barbilla mientras le sostenía la mirada—. El único enemigo que yo tengo eres tú.

—Estoy hablando de nuestros enemigos —Rihad señaló la tablet—. ¿O te imaginas que la persona que vendió esta historia es tu amigo? ¿Te acogerá en su casa cuando yo esté en prisión y tú, si tienes suerte, tengas que vivir en el exilio?

Sterling iba a discutir, pero la evocación del beso
era como un recuerdo táctil, quemándola como si
acabase de ocurrir. Llenándola de imágenes sensuales, de anhelos.

−¿Esto es porque de verdad te preocupa cómo sea
percibido nuestro matrimonio o porque quieres meterte en mi cama?

Él no movió ni un músculo y, sin embargo, pareció explotar. Parecía más grande y mil veces más
peligroso, como un ser mítico liberado de su prisión.

Y todas las células de su cuerpo se pusieron en
alerta.

Su piel parecía anhelar el roce de las manos mas-
culinas, sus pezones se irguieron y sintió un cosqui-
lleo entre las piernas que no podía controlar.

Era la experiencia más carnal que había tenido en
toda su vida.

Era la única experiencia carnal que había tenido
salvo aquel beso.

Y ni siquiera estaban tocándose.

Que fuera capaz de no levantarse para besarla era,
pensó Rihad, la única evidencia de que una vez había
sido un hombre civilizado.

No quería pensar en acostarse con Sterling. No
quería pensar en ese cuerpo suyo tan sensual... pero
era casi imposible apartar la mirada.

Rihad no quería pensar en cómo tenía que luchar
para no tocarla porque estaba decidido a hacer que
aquel matrimonio funcionase, como había hecho con
su primera esposa. Tasnim y él eran amigos y la parte
física del matrimonio había funcionado basándose en
esa amistad. Y había decidido cuando nació la pre-

ciosa Leyla que haría lo mismo con su madre, aunque se hubieran casado contra la voluntad de Sterling.

Pero eso no explicaba por qué cada mañana tenía que darse placer a sí mismo en la ducha para controlar su creciente deseo. Y, desde luego, no explicaba las tentadoras imágenes con las que se torturaba mientras lo hacía.

—¿No puedo estar tan preocupado por la percepción de nuestro matrimonio como por «meterme en tu cama», como tú dices?

—No lo creo. Los hombres piensan en una cosa por encima de todas las demás.

—Eso demuestra lo poco que me conoces. Yo no soy solo un hombre, soy un rey.

—Le conozco lo suficiente, Su Majestad.

Sus ojos azules rivalizaban con el cielo que resplandecía sobre sus cabezas y, sin embargo, podía ver los muros que ella había levantado entre los dos y que cada día odiaba más. Quería tirarlos y sabía que ese deseo no era del todo «amistoso».

—Además —siguió ella—, en realidad no creo que quieras meterte en mi cama —Sterling dejó escapar una risa irónica—. Después de dar a luz no soy exactamente la de antes.

Rihad resopló.

—Rebajarte no te va, Sterling.

Ella frunció el ceño.

—No sé qué quieres decir con eso.

—Que muchas mujeres darían lo que fuera por tener tus genes y sospecho que lo sabes —Rihad la miró de arriba abajo y eso no amortiguó el deseo que sentía, sino al contrario. Porque era tan preciosa como el día que se conocieron en Manhattan y cada día estaba más bella–. Engordaste muy poco durante el embarazo y has perdido muchos kilos desde entonces. Además, a juzgar por las fotografías que he visto en las revistas, yo diría que ahora estás más sana que antes.

Unas emociones que no podía descifrar cruzaron su rostro y lamentó no poder leerlas. O a ella. Odiaba que Sterling lo desafiase sin decir una palabra.

Rihad no podría decir cuándo había empezado a encontrar eso intolerable.

–Prefiero que te guardes las opiniones sobre mi cuerpo para ti mismo.

Él sonrió al ver que se había puesto colorada.

–Desgraciadamente para ti, Sterling, eres mía. Y yo me tomo un gran interés en el bienestar de todo lo que me pertenece, sean las perspectivas de futuro para mi país o el cuerpo de mi esposa.

–Qué encantadoramente medieval.

Rihad estaba disfrutando, tal vez porque Sterling era la única persona que se había atrevido nunca a hablarle así.

Y tal vez estaba perdiendo la cabeza, porque no debería disfrutar tanto.

–Tu cuerpo es perfecto –le dijo, por el placer de ver brillar esos ojos azules–. Ya no eres modelo y no tienes que parecer un esqueleto. Y si quieres disuadirme de hacer insinuaciones tendrás que pensar en algo mejor que eso.

Cuando notó que le temblaban los labios se quedó fascinado.

–No quiero que me hagas insinuaciones en absoluto.

Él la miró un momento, en silencio, notando que el rubor cubría no solo su cara, sino su cuello.

–Eso es mentira –murmuró.

Y ella apartó la mirada porque tenía razón. Sabía que tenía razón.

–¿Quieres besarme a la fuerza otra vez? –le preguntó Sterling, mientras su cuerpo le decía que estaba mintiendo.

Él sonrió de nuevo, pero había tomado una decisión. La amistad de los últimos meses había sido apropiada porque Sterling acababa de tener un hijo de otro hombre, al que había perdido en un accidente. Pero ya era hora de dar un paso adelante.

Rihad se levantó, sabiendo que ella lo miraba como si encontrase su cuerpo tan tentador como él el suyo.

–Tendremos una luna de miel –anunció–. Dos semanas en el desierto, tú y yo solos, con mil oportunidades para tener intimidad.

–¿Qué? –exclamó ella, asustada. Y él no debía de ser una persona civilizada porque le gustó–. ¿Intimidad? ¿Por qué ibas a querer tener intimidad?

–Es lo que mi pueblo espera. Todo el mundo pensará que estoy dando rienda suelta a mis bajos instintos con ese famoso cuerpo tuyo. Los hombres somos bestias, ¿no? Y yo no soy mejor que mi hermano cuando se trata de resistirme a tus «ardides femeninos».

–Sí lo eres –Sterling parecía alarmada–. Tú... tú eres de piedra.

—No soy un hombre débil, es verdad —asintió él. Y le daba igual mostrarse arrogante porque era cierto—. Pero, en este caso, sucumbir a los encantos de una famosa seductora es una debilidad que estoy dispuesto a aceptar... y que el mundo lo diseccione como quiera. ¿No te parece una historia estupenda para esos amigos que venden historias a las revistas sensacionalistas?

—Suena horrible —respondió ella con voz ronca y un brillo en los ojos en el que Rihad querría bañarse—. Y totalmente increíble.

—¿Por qué no me haces la pregunta? —Rihad se metió las manos en los bolsillos del pantalón para no tocarla. Aún.

—¿Por qué eres tan odioso? —le preguntó Sterling, con una tormenta en sus ojos azules—. Claro que ya sé la respuesta: porque puedes.

—Esa no es la pregunta que querías hacer.

Rihad vio el pulso latiendo en la delicada piel de su cuello y tuvo que contenerse para no poner allí su boca.

—Así que iremos al desierto durante dos semanas y la gente pensará... lo que quiera pensar —empezó a decir ella, apretando los puños—. Lo llamaremos luna de miel para que todo el mundo saque la misma conclusión: que nuestro matrimonio no es solo por conveniencia.

—Así es.

Sterling tragó saliva.

—Pero tú no... quiero decir, nosotros no...

—No voy a forzarte a nada —la interrumpió él, pensando que ya debería saber que no era esa clase de hombre–. ¿Te he dado alguna razón para que pienses de otro modo?

–Me secuestraste –le recordó ella–. Me he casado contigo contra mi voluntad. Perdona si no estoy segura de dónde está el límite.

Rihad se levantó para apoyar las manos en los brazos de la silla y mirarla directamente a los ojos.

–Traerte a Bakri y casarme contigo antes de que tuvieras al hijo de mi hermano era mi deber –le espetó con tono serio, aunque estaba fascinado por el rubor de sus mejillas–. Contener el escándalo que tú representabas era mi responsabilidad. Pero... ¿qué va a pasar entre nosotros ahora?

–No va a pasar nada –respondió ella–. No hay un «nosotros».

–Esto ya no tiene nada que ver con el deber –dijo Rihad, inclinándose hacia delante. Estaba tan cerca que podría haberla besado, pero se contuvo–. Esto tiene que ver con el deseo.

–Yo no tengo deseos –murmuró ella, temblando.

–No voy a forzarte a nada –siguió él, esbozando una sonrisa–. No tendré que hacerlo.

Sterling le sostuvo la mirada sin decir nada. Podía ver el latido de su pulso en ese cuello largo y elegante y la deseó más de lo que había deseado nada en toda su vida, aunque fuese una descarriada, una mujer disipada, un problema a resolver. Aceptaba todo eso.

–Pero antes, es hora de que hablemos sobre Omar.

Capítulo 7

EL REPENTINO cambio de tema dejó a Sterling petrificada y con el estómago encogido.

–Me miras como si esperases que me transformase en un monstruo –dijo Rihad. Y le pareció que estaba dolido, pero luego decidió que eran imaginaciones suyas–. Un ser con colmillos, garras y mala intención.

–No sé si no has sido así desde el principio.

Esbozando una sonrisa, Rihad le colocó un mechón de pelo detrás de la oreja y ninguno de los dos se movió durante un segundo que duró una eternidad. Sterling podía ver un brillo acerado en sus ojos y tenía que hacer un esfuerzo para controlar el temblor de sus labios.

–No voy a pasar una luna de miel, sea real o no, con una mujer que no deja de pensar en otro hombre. Es hora de hablar sobre tu relación con mi hermano.

No dijo nada cuando ella se levantó de la silla. Se limitó a mirarla mientras esa energía que había entre ellos se convertía en una tensa y terrible garra que le oprimía el corazón.

Sterling hizo un esfuerzo por mostrar calma.

–No creo que quieras mantener esa conversación –dijo con tono firme–. No vas a escuchar nada que te guste.

Tampoco sabía si ella quería hacerlo porque se sentía avergonzada, culpable. Daba igual lo que les hubiera contado a sus amigos o a sí misma, aquello no era lo que Omar hubiese querido. Omar se había ido de Bakri por una razón y todo lo que había pasado desde el accidente era una traición al mejor amigo que había tenido nunca. La única familia que había conocido.

Y lo peor de todo era ese fuego que sentía dentro de ella, esa llama que prendía cuando miraba a Rihad.

—No es la primera vez que insinúas que le hice daño a mi hermano —dijo él entonces—. ¿Por qué dices eso? ¿Qué pruebas tienes?

Sterling sacudió la cabeza.

—No te hagas el inocente, Rihad. No te pega.

—Es hora de dejar de hablar con rodeos, Sterling. Si quieres acusarme de algo, hazlo a la cara.

Parecía tan fácil confiar en él, pero no debería hacerlo. ¿No se había dejado engañar por una falsa sensación de seguridad al ver que la animaba desde que nació Leyla? Durante esos meses habían comido juntos a diario, hablando de mil cosas como dos civilizados extraños. Libros, arte, las ciudades y países que habían visitado, desde Cannes hasta las islas Seychelles o la Patagonia.

Le había contado que había sido un niño silencioso y un joven serio, estudioso y reconcentrado que jugaba al fútbol y al rugby en la universidad, pero solo para divertirse, ya que siempre había sabido cuál sería su futuro, su sitio.

—Debía de ser agradable no tener ninguna duda sobre lo que te esperaba en el futuro —le había dicho una vez, con cierta nostalgia.

Él la miró desde el otro lado de la mesa y Sterling sintió un estremecimiento.

–¿Quién puede decir si eso es bueno o no? –respondió Rihad después de un segundo, como si no lo hubiera pensado hasta ese momento–. Era lo único que yo conocía.

Se mostraba tan agradable que Sterling había empezado a imaginarse que su forzado matrimonio podría no ser tan terrible después de todo. Pero estaba engañándose a sí misma. Aquel era Rihad al Bakri, el hombre más peligroso que había conocido nunca.

¿Cómo podía haberlo olvidado?

Incluso se arreglaba cada día para verlo. Se decía a sí misma que la moda y la belleza eran una armadura, como cuando era modelo y el objetivo era que la gente mirase la ropa, no a la mujer que la llevaba. Pero esa no era la razón por la que se arreglaba.

La deprimente verdad era que entonces prefería esconderse bajo los focos, pero allí, en aquel lejano palacio que a veces parecía un sueño, le gustaba que Rihad la mirase con un brillo de admiración en los ojos oscuros. Como en ese momento.

–Muy bien –dijo con firmeza, sabiendo que era inevitable–. Hablemos de Omar.

–Cuéntame por qué mantuvo esa relación contigo durante tantos años. Por qué desafió a su familia y a su país, abandonó sus deberes y rompió el corazón de su padre en mil pedazos. Y, sin embargo, nunca se casó contigo, nunca te hizo suya a los ojos del mundo. Nunca te defendió de ningún modo cuando sabía bien que vuestra aventura era un escándalo. Ni siquiera cuando te quedaste embarazada.

–Omar era el mejor hombre que he conocido nunca. El mejor, el más valiente, y me defendió como tú no puedes imaginarte.

–Tengo una gran imaginación. ¿Por qué no me lo cuentas?

–Tal vez Omar y yo no queríamos casarnos –Sterling suspiró cuando él la miró con arrogante incredulidad–. No todo el mundo es tan tradicional como tú. Algunas personas viven en el siglo XXI.

–Sé que Omar y tú vivíais una vida moderna y poco convencional en todos los sentidos, yendo de fiesta en fiesta –Rihad la miró de un modo que no le gustó–. Pero tu embarazo debería haberle abierto los ojos. Omar era un príncipe de Bakri y le debía legitimidad a su hija. ¿Por qué no se casó contigo entonces?

–Tal vez pensó que tú aparecerías como un ángel vengador y lo solucionarías del modo que más te conviniese –respondió ella con frialdad–. Y fíjate, resulta que tenía razón.

–¿Crees que esos juegos me distraerán, Sterling? No será así, te lo prometo. ¿Por qué no se casó contigo?

Ella sabía que seguiría haciendo preguntas hasta que respondiese, que estaría allí una eternidad si hacía falta porque era como el desierto que rodeaba el país por tres partes, monolítico, infranqueable y profundamente traicionero.

–Omar quería casarse conmigo –respondió por fin–. Pero yo me negué.

Rihad soltó una carcajada, y no era una carcajada agradable.

–Ya, claro –dijo luego, sarcástico–. Te lo suplicó, seguro, y tú te negaste noblemente como han hecho todas las buscavidas a lo largo de los tiempos.

Sterling torció el gesto, molesta.

–Sé que para ti es difícil de creer porque no concuerda con tus ideas sobre las buscavidas como yo, pero eso no lo hace menos cierto. Omar se habría casado conmigo, era yo quien tenía reservas.

–¿La idea de convertirte en princesa era demasiado engorrosa para ti? ¿Una tarea ingrata? Estabas viviendo de él, ¿por qué no legalizar la situación y seguir así para siempre?

–Eres muy mezquino para ser un rey –replicó ella, airada. Y tuvo la satisfacción de ver que el insulto lo afectaba. Volvía a ser el hombre al que había conocido en Nueva York, el que la había insultado en el coche. Y era completamente absurdo que se emocionase al verlo de nuevo, como si lo hubiera echado de menos–. O tal vez todos los reyes son iguales. ¿Qué sé yo? Obsesionados por los territorios, por las leyes, por los deberes. La vida es mucho más rica y más complicada que eso.

Él la estudió en silencio. Había algo en cómo la miraba, un brillo airado en sus ojos que... si fuese otro hombre, y si ella fuese otra mujer, habría pensado que eran celos.

Pero eso no tenía ningún sentido.

–Dame una buena razón por la que no quisiste casarte con mi hermano –dijo luego, uno frente al otro, mirándose como enemigos–. Eres una mujer sin familia, sin apoyo de nadie.

Sterling tragó saliva. ¿Sabía que ese era su punto débil o lo había dicho sin pensar? Contuvo el aliento y esperó que él no se diera cuenta, pero enseguida vio un brillo en sus ojos oscuros. Rihad se daba cuenta de todo.

–Casarte con Omar habría cambiado eso. Aunque os hubierais divorciado después, aunque hubieras firmado un acuerdo prematrimonial, y los abogados de mi hermano se habrían encargado de que así fuera, tu hijo hubiera sido siempre miembro de la familia real de Bakri. ¿Por qué una mujer como tú renunciaría a esa seguridad?

«Una mujer como tú».

Una frase que había oído tantas veces.

«Nadie querría una hija como tú», le habían dicho sus padres de acogida. «Las chicas como tú solo sirven para una cosa», le habían dicho cuando consiguió su primer contrato como modelo. *Debería haberme imaginado que una pájara como tú siempre caería de pie*, le había escrito un fotógrafo británico amigo de Omar el día anterior.

Omar había sido la única persona que nunca, jamás, la había reducido a un estereotipo y tal vez no había mucho que «una mujer como ella» pudiese hacer contra un rey, pero al menos podía defender a su mejor amigo.

–Tú no sabes nada sobre Omar, ¿verdad? En realidad, no le conocías.

–Estoy impacientándome –dijo Rihad–. Si quieres seguir hablando con rodeos es tu prerrogativa, pero no sé si te gustará mi reacción.

Sterling tomó aire.

Y luego le contó a Rihad el secreto de Omar. Por fin.

—Tu hermano era gay.

Si Sterling hubiera sacado una pistola y le hubiese disparado al corazón, Rihad no se habría quedado más sorprendido.

Y durante un largo y tenso momento sintió como si hubiera hecho exactamente eso.

Esa afirmación parecía hacer eco en el jardín, ahogando el resto del mundo. Hacía que la brisa se detuviera, que los ruidos del palacio y la ciudad a lo lejos se desvaneciesen. Incluso el ruido de las fuentes pareció detenerse durante lo que le pareció una eternidad.

Sterling se rio entonces, una risa amarga y acusadora que lo hizo sentirse peor. Como un monstruo.

—¿No era eso lo que esperabas escuchar? Pues lo siento mucho. No todo el mundo es como tú esperas que sea.

—Explícamelo —la voz de Rihad no parecía su voz. Sonaba como una burda copia de la persona que él creía ser. Lo sabía, pero en ese momento le daba igual.

Ella lo fulminó con la mirada.

—A veces, cuando los príncipes se hacen mayores, no quieren jugar con princesas, sino con...

—Explícame tu relación con Omar —la interrumpió él.

—Esto es ridículo. Tú no has crecido bajo una piedra y no creo que tenga que explicarte cómo funciona el mundo. Actúas como si nada hubiese cambiado desde la Edad de Piedra, pero tú sabes perfectamente que eso no es verdad.

–No te estoy pidiendo que me expliques cómo funciona el mundo, solo mi hermano.

Luego Rihad sacudió la cabeza, con el ceño fruncido, recordando cada conversación que había tenido con Omar. Cada vez que mencionaba a Sterling, él se encogía de hombros.

–Es necesaria, hermano –le decía.

Nunca le había explicado por qué y Rihad lo había creído enamorado, embrujado, atrapado por una mujer escandalosa. Era una historia tan vieja como el tiempo. Tan vieja como su padre, desde luego.

Nunca se le había ocurrido que esa mujer, la fantasía sexual de miles de hombres en los sensuales anuncios de perfume que la habían hecho famosa, pudiera no ser en realidad la amante de Omar.

Sin embargo, la creía. Mientras durante años él había creído lo peor de Omar, para detrimento de su relación.

–Si pudieras ver tu expresión en este momento, entenderías por qué Omar pensaba que su relación conmigo era necesaria –dijo Sterling–. No se atrevía a contártelo. Se escondía a la vista de todos, usando uno de los trucos más viejos de la historia. Y tú te lo creíste.

–No sé lo que ves en mi expresión aparte de sorpresa.

–No hay nada malo en...

–Sorpresa porque Omar no me lo contó –la interrumpió Rihad–. Que pensara que debía romper la relación con su propia familia y mantenerlo en secreto durante todos estos años es lo que me sorprende.

–¿Cómo iba a contártelo? –le espetó ella. Podía ver cuánto le había importado Omar en la pasión con que lo defendía y algo dentro de él se encogió. Porque Rihad había querido ser ese apoyo para su hermano y le había fallado–. Siempre le decías que era una decepción, que te había defraudado al no casarse y tener hijos como tú pensabas que debía hacer. Tener a Leyla fue su intento de pacificarte y no me casé con él porque pensé que se merecía algo mejor en la vida. Pensé que no era bueno vivir eternamente una mentira.

–Pero eso es lo que no entiendo –Rihad se pasó las manos por el pelo. Se sentía perdido en medio de su propio palacio, donde siempre había sabido dónde estaba–. ¿Por qué llegar hasta ese punto para vivir una mentira?

–Tengo la impresión de que Bakri no es conocido por su actitud abierta –respondió Sterling–. Y mucho menos su rey. Y yo solo llevo aquí unos meses.

–Entiendo que no quisiera contárselo a nuestro padre porque, a pesar de sus propias debilidades, era un hombre de otro tiempo.

–¿Mientras que tú representas la edad moderna? –se burló ella–. Secuestros, sermones sobre el papel de las mujeres, la obsesión con la sangre de los Bakri. Sí, muy progresista.

–Debería haber acudido a mí.

–No eras tú quien tenía que decidir cómo debía vivir su vida –replicó ella–. Omar no necesitaba tu permiso para ser quien era.

–Tal vez no –asintió Rihad con una tristeza que quizás no lo dejaría nunca–. Pero podría haberme pedido ayuda.

Sterling lo miró como si hubiese hablado en árabe.

–¿Tu ayuda? ¿Qué quieres decir?

Rihad se sentía furioso y perdido. Siempre había sabido lo que quería y cómo conseguirlo. Siempre había sabido elegir el camino correcto, pero había fracasado con Omar y ya era demasiado tarde.

Su hermano había muerto y él nunca lo había conocido de verdad.

El dolor parecía triplicarse, volviéndose más oscuro, más angustioso con cada segundo que pasaba. Y se mezclaba con el sentimiento de culpabilidad por no haberlo visto, por no haber mirado lo suficiente. Por no haberse preguntado nunca por qué Omar hacía las cosas que hacía.

Había pensado lo peor de su hermano y se odiaba a sí mismo por ello. Tantos años perdidos...

–Nada de eso explica tu papel en su vida –dijo entonces, furioso contra Sterling porque había participado en el engaño. Porque había conocido a su hermano mejor que él–. ¿Por qué no se casó contigo para cimentar el engaño? Y, si quería mantener una relación falsa con una mujer, ¿por qué no eligió a una que no suscitase objeciones? ¿Por qué tú?

La vio tragar saliva y, de nuevo, volvió a sentirse culpable.

–No tanto por qué, sino qué hacía con una mujer como yo. ¿Es eso lo que quieres decir?

–Es que me parece poco práctico. Tú eres una mujer controvertida. ¿Por qué no elegir a una que hubiera pasado desapercibida?

–¿Por qué no hacemos una sesión de espiritismo? –sugirió Sterling, sarcástica–. Aún puedes echarle un sermón, pero seguro que tendría el mismo efecto que si Omar siguiera vivo.

Rihad no sabía cómo o cuándo se acercó a ella, solo que estaban más cerca que antes y quería tocarla. Necesitaba tocarla y esa era una de las razones por las que estaba furioso.

–No –dijo Sterling, mirándolo con los ojos brillantes. Y Rihad la deseaba, cuánto la deseaba.

–¿No qué? Nunca fuiste la amante de mi hermano.

–Eso no significa que tenga el menor deseo de ser tu amante.

Pero Rihad podía ver el ligero temblor de sus labios, el rubor de sus mejillas. Palpaba su deseo tanto como el suyo propio.

–Mentirosa –murmuró. Pero lo dijo como si fuera un cumplido.

Ella no lo contradijo. El pasado quedaba demasiado lejos y estaba sola. Había habido tantas mentiras, tantas falsedades durante tanto tiempo... Y Omar ya no existía.

Rihad la observaba, en silencio. Omar nunca había confiado en él y tampoco Sterling. Y no podría decir por qué eso le dolía tanto, pero era como si ya no pudiera confiar en sí mismo.

–Ayúdame a resolver el puzle que representas –la urgió, con voz ronca–. ¿Por qué quiso Omar tener un hijo contigo? ¿Qué esperaba conseguir con eso?

Ella tragó saliva.

–Pensó que tener un hijo te demostraría que no era el fracasado que tú pensabas que era, aunque no supieses la verdad.

–Pero las razones por las que yo me casé contigo también eran válidas para él.

–Si no hubiera muerto, tal vez nos habríamos casado. Si me hubiese contado las razones por las que eso sería bueno para Leyla, seguramente yo habría cedido. Pero nunca sabremos lo que hubiera pasado, ¿verdad?

–Si hubiese acudido a mí, si me lo hubiera contado, yo no le habría dado la espalda –Rihad dejó escapar el aliento–. Nunca entenderé por qué no lo hizo.

Sterling sacudió la cabeza en un gesto de frustración.

–Eso sería más creíble si no hubieras actuado durante años como si Omar fuese una enfermedad contagiosa.

Rihad iba a protestar, pero Sterling no estaba dispuesta a escuchar.

–Le repetías una y otra vez que estabas harto de solucionar sus problemas, sus errores, como si fuera un desecho –siguió, con tono amargo, sus ojos azules le parecieron más oscuros que nunca–. Tal vez, si Omar hubiera pensado que podía confiar en ti, y, si a ti te hubiese importado algo más que tu maldito país, se habría arriesgado a contártelo.

–Yo le quería.

Ella levantó las manos en un gesto de desesperación.

–Los hechos dicen más que las palabras. No culpes a Omar por tu fracaso, Rihad. No le tratabas como a una persona y ese fue tu fallo, solo tuyo.

Lo que quedaba de él se rompió después de esa incómoda verdad, con la que hubiera dado cualquier cosa para no tener que enfrentarse.

–Maldita seas –susurró.

Luego alargó las manos hacia ella porque sabía instintivamente que Sterling era la única persona del mundo que podía calmar lo que estaba consumiéndole por dentro...

Pero ella levantó los brazos como para evitar un golpe.

Y, lo peor de todo, como si alguien lo hubiera hecho antes.

Capítulo 8

STERLING había intentado eludir el golpe, aunque sabía que no debería. Pero no pudo evitarlo. Se había sentido segura con él durante todo ese tiempo, más segura que con ningún otro hombre aparte de Omar. Hasta ese momento.

Esperaba el golpe. Había pasado mucho tiempo desde la última vez, pero pensó que podría soportarlo. No había manera de protegerse, pero el truco era no ponerse demasiado tensa...

–Sterling –dijo Rihad entonces en voz baja–. ¿Qué crees que iba a hacer?

Ella cerró los ojos, intentando prepararse para el golpe.

Como había hecho con sus padres de acogida.

Entonces lo oyó hablar con alguien en árabe y no tenía que entender las palabras para saber que estaba dando órdenes en ese tono autoritario que para él era como respirar.

Sterling mantuvo los ojos cerrados porque el silencio era el truco. Siempre lo había sido. Cuando pensaba que no iba a pasar nada y abría los ojos, ese era el momento en que recibía el golpe.

Oyó pasos, y luego, con el estómago encogido, el ruido de las ruedas del cochecito de Leyla. Rihad le había pedido a la niñera que se llevase a su hija y eso significaba...

Dio un respingo cuando él le puso una mano en el brazo. Y, cuando abrió los ojos y se encontró con los de Rihad, estuvo a punto de cubrirse la cara.

–Lo siento –susurró, con un pánico que no podía controlar.

Él la estudió durante largo rato.

–Sterling –dijo en voz baja–. ¿Quién te ha pegado?

Y a Sterling se le detuvo el corazón durante una décima de segundo. No podía arriesgarse. Si abría esa caja de Pandora, él lo vería, lo sabría.

Y eso no podía ser, pensó mientras se echaba en sus brazos. No sabía por qué lo hacía, pero lo hizo.

Cuando chocó contra su pecho, el pánico y los viejos fantasmas se convirtieron en algo completamente diferente.

Su seductora energía se coló dentro de ella, apartando las viejas telarañas que quería ocultar. Porque Rihad no podía saberlo.

No sabía por qué, pero le parecía lo peor que podía pasar. Lo peor.

–¿Se puede saber qué estás haciendo? –le preguntó él, poniendo las manos en su cintura.

Parecía querer interrumpir el momento y, sin embargo, Sterling podía sentir lo ardiente, duro y deliciosamente masculino que era. La deseaba y eso era una revelación. En sus ojos había un brillo febril y era tan oscuro, tan hermoso, tan fuerte...

Le preocupaba estar perdiendo la cabeza, pero no había tiempo para preguntarse lo que eso significaba o las repercusiones que podría tener. No podía ver el futuro, de modo que no tenía sentido asustarse.

Solo podía distraerlo para que Rihad no viese quién era en realidad y mostrase el mismo disgusto que había visto tantas veces.

Y eso fue lo que hizo.

Se apretó contra él en lo que esperaba fuese una muestra de lascivo abandono, enredando los brazos en la fuerte columna de su cuello y mirando esa maravillosa boca de pecado...

–Sterling –repitió Rihad. Pero no se apartaba y ella podía sentirlo contra su vientre, tan duro, tan excitado...

Como si no fuera el hombre del que había intentado huir tanto tiempo atrás en Nueva York, convencida de que le iba a destrozar la vida.

Como si no fuera el hombre que había creído que iba a golpearla unos segundos antes. O tal vez porque Rihad había parecido horrorizado por esa idea.

Y la deseaba. Incluso intuyendo esa verdad sobre ella, la deseaba.

No se parecía a ningún otro hombre que hubiera conocido y despertaba en ella un enloquecedor deseo que recorría sus miembros y su bajo vientre, haciéndola sentirse ardiente, madura, ansiosa...

Sterling se puso de puntillas y lo besó.

Y todo explotó entonces.

Su boca era una divina tortura. Rihad tomó el control del beso casi en cuanto empezó, enredando una mano en su pelo y apretándola contra su torso como si no quisiera dejarla escapar.

Sencillamente, se apoderó de su boca.

Y a Sterling le encantó.

La besaba como un hombre hambriento, como si ella no fuese la única que ansiaba aquello. La besó como si no pudiera hacer nada más que apuntarse al viaje, los llevase donde los llevase, hasta que estaba temblando y el deseo hacía que se marease.

Se apretaba contra él porque quería más, porque el beso no era suficiente. Le daba igual no poder respirar. Y, cuando Rihad la levantó para envolver sus piernas en su cintura, empujando el erecto miembro contra el húmedo triángulo de entre sus piernas, Sterling gimió sobre su boca.

Nunca le había gustado que la tocasen, pero eso no se aplicaba a Rihad, de quien no parecía cansarse. Y en ese momento le daba igual el porqué. Pero se moriría si él lo supiera, pensó. Si supiese que ningún hombre la había tocado nunca.

Cuando notó el roce de algo duro en la espalda se dio cuenta de que no era solo su cabeza la que parecía dar vueltas. Rihad la había dejado sobre la mesa como si fuera su propio y especial banquete.

–Agárrate a la mesa –le ordenó. Sonaba más dominante que nunca y debía de estar loca porque eso le gustó. Esa nota oscura y ardiente de su voz era como una caricia a la que no podía negarse.

Sterling hizo lo que le pedía, lo que le ordenaba. Ni siquiera se lo pensó dos veces y no solo porque quería que pensara que aquello no era nuevo para ella, sino porque eso era más fácil que mostrarse como era en realidad.

De modo que se agarró al borde de la mesa con las dos manos. Esa postura hacía que se arquease, ofreciéndole sus pechos, como si hubiera hecho aquello mil veces. Y, aunque no fuera así, esperaba que él estuviera demasiado interesado en sus pechos como para darse cuenta.

Rihad sonrió, mirando el sitio donde sus cuerpos se juntaban, y ella sintió el brillo de esa mirada dura y ardiente como un relámpago entre las piernas.

Se apretó contra él, impotente contra esas nuevas sensaciones, y lo oyó reírse mientras inclinaba la cabeza para besar uno de sus pezones. Sterling perdió la cabeza al sentir la humedad de esos labios perversos y exigentes chupando por encima de la tela...

No había nada entonces más que una pasión que la llevaba a algo tan intenso e imposible que habría tenido miedo si hubiera podido encontrar el aliento.

Pero Rihad no se lo permitía.

Empujó la prueba de su deseo hacia el sitio donde ella lo ansiaba, húmedo y palpitando por él, y el roce de su duro miembro, que parecía querer escapar del pantalón, la enloquecía. Rihad empezó a moverse despacio, empujando hacia delante una y otra vez, y ella no podía hacer nada más que recibirlo, temblando con cada embestida.

No sabía lo que estaba haciendo, pero no era capaz de parar.

Él besaba sus pechos por encima del vestido mientras la acariciaba por todas partes, descubriendo todo tipo de cosas sobre ella. Que no llevaba sujetador, aunque sus pechos eran más grandes que antes del embarazo, que si pellizcaba un pezón y tiraba del otro sus caderas, como por voluntad propia, empujaban hacia delante para frotarse contra él tan lascivamente como podía...

Y entonces Rihad la embistió.

Como un tren.

Sterling gritó, pero él buscó su boca para tragarse
el sonido mientras movía las caderas adelante y atrás
con más fuerza, sin parar. Haciendo que ella se rompiese una y otra vez, y otra vez más.

Cambiándolo todo.

Cambiando el mundo entero.

Haciendo que se convirtiese en otra mujer.

Y, cuando terminó, dio un paso atrás mientras ella
se quedaba tirada sobre la mesa, rota en mil pedazos.

Tardó un rato en poder levantarse y, cuando lo hizo,
le temblaban las manos mientras se bajaba el vestido.
Rihad estaba sobre ella, con su oscuro rostro indescifrable y los ojos brillantes. Cruzó los brazos sobre el
poderoso torso y la miró en silencio durante unos segundos, como si no estuviera excitado, como si ella no
pudiese ver la prueba de su deseo empujando contra la
tela del pantalón... ¿y cómo podía seguir deseándolo
después de lo que acababa de pasar?

Todo lo que había ocurrido esa mañana hacía que
se cuestionara tantas cosas... Su cordura sobre todo.

–Enhorabuena, Sterling –dijo Rihad en voz baja–.
Has conseguido distraerme. Pero ¿cuánto tiempo
crees que durará?

Había conseguido distraerlo, pensaba Rihad unos
días más tarde, sentado en su lujoso despacho, pero
incapaz de concentrarse en los asuntos de Estado.

Porque el recuerdo de Sterling lo perseguía a todas horas.

Su sabor, los sonidos que emitía mientras se movía debajo de él, el aroma de su piel, la dulce perfección de su cuerpo.

No podía pensar en otra cosa. Especialmente durante las comidas en el jardín, cuando los dos actuaban como si la escena que había tenido lugar allí mismo, sobre aquella mesa, no hubiera ocurrido nunca. Se trataban con fría amabilidad, pero la tensión estaba en todo; en el sonido de los cubiertos sobre los platos de porcelana, en cada sorbo de vino. En cada mirada. En cada momento.

Era una locura que infectaba su sangre.

Porque Rihad ya no se conocía a sí mismo. La relación con su hermano había sido una mentira, estaba embrujado por una mujer con la que se había casado pensando que era la amante de Omar... y la deseaba. Estaba cada día más embobado con Leyla, la niña que no era su hija, pero lo parecía. De repente, su vida se tambaleaba y se sentía inseguro y a la deriva. Y no sabía cómo enfrentarse a tan extraños sentimientos.

Era como si no pudiese agarrarse a nada. O, más bien, como si solo quisiera agarrarse a Sterling. Como si estuviera embrujado por ella como había pensado que lo estaba su hermano.

Tal vez sus enemigos hacían bien al amenazar con una invasión. Rihad empezaba a pensar que sería un alivio.

Estaba en medio de otro inapropiado sueño sobre su mujer cuando sonó su móvil personal, de modo

que despidió al ministro con el que estaba depar-
tiendo y abrió el vídeo chat.

Su hermana lo miraba desde la pantalla, con su
habitual gesto desafiante.

–Hola, Amaya –la saludó, intentando parecer cal-
mado, aunque le costaba más de lo que debería. Y no
quería preguntarse por qué o a quién debía culpar por
esa falta de control–. ¿Llamas para burlarte, como de
costumbre?

–El zorro siempre salta sobre el perro perezoso
–respondió ella, con un brillo burlón en sus ojos oscuros.

Lo irritaba que fuera incuestionablemente bella y
tan parecida a su traidora madre, desleal al trono de
Bakri. Amaya era imprevisible y eso era algo que
siempre le había molestado.

–¿Dónde estás?

–Evidentemente, no voy a decírtelo. Y no intentes
encontrar mi ubicación, no vas a localizarme –le espetó ella. Y Rihad dejó de intentar encontrar alguna
indicación en lo que parecía un armario–. ¿Estás
dispuesto a liberarme de ese matrimonio?

Entonces era cuando, normalmente, Rihad le dejaba claro cuál era su deber, cuando le recordaba que
a pesar de lo que ella prefiriese, era una princesa y
tenía ciertas obligaciones para con su país. Que daba
igual cuántos años hubiera pasado en comunidades
bohemias con su madre porque eso no podía cambiar
quién era o que, aunque sus años universitarios en
Montreal le hubieran dado la impresión de que podía
elegir, eso no era cierto y cuanto antes lo aceptase,
mejor para todos.

Le había dicho eso durante meses, años. Y esas charlas no habían servido de nada.

Aquel día pensó en el hermano al que había tratado como si fuera un fracasado, el hermano al que decía querer cuando nunca le había dado una oportunidad para ser él mismo. Al menos en su presencia. Y pensó en cómo Sterling, la única persona que se atrevía a hablarle con franqueza, había dado un respingo, como si esperase un golpe porque le había dicho la verdad.

Pensó que tal vez no debería ser el rey de Bakri si era un gobernante tan malo.

—Ojalá pudiera hacer eso, Amaya —dijo después de una larga pausa—. Me gustaría más de lo que te puedes imaginar.

—Permíteme que lo dude.

—Son momentos difíciles para Bakri y la única forma de mantener nuestra soberanía es formar una alianza con Daar Talaas. Pero eso ya lo sabes.

—Tiene que haber otra manera.

—¿Si la hubiera crees que no la habría encontrado? No me gusta insistir en que hagas algo que no quieres hacer, pero los dos sabemos que es tu obligación.

—Pero... —empezó a decir ella, aunque Rihad notó que su tono se había suavizado.

—Pero Kavian es un hombre anticuado y solo hay una clase de alianza sagrada para él, los lazos de sangre —la interrumpió—. Y creo que tú lo sabes muy bien porque, aunque no te entusiasmaba la idea, no escapaste de Bakri hasta que viste a Kavian en la fiesta de compromiso. ¿Te hizo algo, Amaya?

Al demonio con la alianza. Rihad lo mataría si le había hecho algo a su hermana.

Amaya se puso colorada, aunque intentó disimular encogiéndose de hombros.

–Porque fue entonces cuando entendí la realidad de la situación. Me di cuenta de que no vivimos en la Edad de Piedra.

–Te entiendo –dijo Rihad. Y era cierto. De verdad la entendía.

–¿Me entiendes? –repitió ella con expresión escéptica.

–Yo sé bien las exigencias que impone el sentido del deber. Este es mi segundo matrimonio...

–Esa no es una buena recomendación –lo interrumpió su hermana–. Tú no eres un hombre feliz.

Y, sin embargo, comparado con Kavian, el guerrero del desierto conocido por su habilidad para hacer la guerra como un antiguo caudillo, Rihad era el más feliz de los hombres.

Se miraron el uno al otro, separados por la pantalla y por la negativa de Amaya a rendirse a la inevitable realidad.

–No creas todo lo que lees –le aconsejó–. Mi matrimonio no es un calvario –Rihad se sintió desleal entonces porque se había olvidado de Tasnim por completo. Era como si de verdad fuese un desconocido habitando su cuerpo, totalmente cambiado por una mujer exuberante y su adictiva boca–. Mi primer matrimonio no fue por amor, pero nos conformamos.

Amaya apartó la mirada.

–Kavian no es la clase de hombre capaz de conformarse. Y yo tampoco.

–Me gustaría poder cancelar la boda –dijo Rihad. Pero su hermana negó con la cabeza. ¿No sabía que quería protegerla, que lo haría si pudiera?, se preguntó–. Pero ya has firmado todos los documentos. Hiciste los votos iniciales y, según las leyes de Daar Talaas, ya eres su mujer.

Cuando su hermana lo miró de nuevo, con los ojos empañados, sintió un gran vacío dentro de él, como si también la hubiese perdido a ella. Amaya era la única hermana que le quedaba, pero no podía ayudarla como no había podido ayudar a Omar.

Rihad experimentó una opresión en el pecho, la misma que había sentido cuando Sterling, con los ojos cerrados y la cabeza inclinada, había esperado que la golpease.

Entonces se había sentido impotente y era una sensación detestable.

–Amaya, no eres solo un peón. Me importa lo que te pase, pero no puedo arreglar esto.

–Así que estoy condenada –la voz de su hermana se quebró al pronunciar esa palabra–. No hay ninguna esperanza.

–Puedes hablar con Kavian...

–¡Tendría más suerte apelando a una tormenta de arena en el desierto!

–Amaya... –Rihad no sabía qué decir. Era el rey y no servía de nada, no podía salvar a su hermana–. Lo siento.

–Yo también –murmuró Amaya, sacudiendo la cabeza–. No quiero la guerra, Rihad, no quiero que

Bakri sufra, pero tampoco quiero ser la posesión de Kavian. No puedo hacerlo.

Luego cortó la comunicación, dejando a Rihad solo con sus pensamientos y su desasosiego.

Capítulo 9

STERLING suspiró mientras el helicóptero se alejaba, llevándose con él las esperanzas de que llamasen a Rihad del palacio con algún problema gubernamental que no pudiese esperar.

A su alrededor, en las interminables dunas del desierto, había varias tiendas beduinas de brillantes colores levantadas alrededor de varios manantiales, que no deberían existir en un lugar tan árido. El viento sacudía las tiendas y hacía tintinear las hojas de las palmeras.

Sterling se alegraba porque, de otro modo, el único sonido en cientos de kilómetros de deshabitado desierto serían los latidos de su corazón.

Rihad, por supuesto, no prestaba atención a nada de eso. Hablaba por teléfono mientras se dirigía hacia una de las tiendas, como si esperase que ella lo siguiese sin rechistar.

En lugar de eso, Sterling inclinó a un lado la cabeza y dejó que el sol del desierto calentase su cara, disfrutando de la caricia del viento mientras escuchaba el murmullo del agua de los manantiales. Estaría encantada en aquel oasis si Rihad no hubiera insistido en dejar a Leyla con sus niñeras porque eso la tenía angustiada.

Y también la angustiaba lo que pudiese pasar con Rihad allí, aunque ese sentimiento era algo más complicado que simple angustia.

–Tal vez podríamos ir al desierto dentro de un par de meses –había sugerido cuando él volvió a mencionar la luna de miel durante una cena íntima, en una suite privada del palacio, con un balcón desde el que veían toda la ciudad de Bakri. Intentaba mostrarse serena, aunque solo podía pensar en sus manos sobre su cuerpo, en el duro miembro entre sus piernas–. Cuando Leyla sea un poco mayor.

Rihad parecía concentrado en su plato, no en ella, aunque Sterling sabía que no era así.

–No es una invitación, como tú bien sabes –había dicho entonces–. Es una orden, un decreto real incluso.

–Al parecer, debo recordarte que no tengo por qué obedecer tus órdenes.

Él rio y Sterling dio un respingo porque era una risa genuina, auténtica, y profundamente masculina.

–¿Tú crees? –replicó Rihad.

Sterling intentó sonar seria y formal, no como la mujer que había tenido un orgasmo sobre una mesa del jardín una mañana de verano:

–No soy uno de tus súbditos, Rihad.

–Eres mi reina –dijo él. Y el brillo de sus ojos hizo que Sterling se pusiera colorada–. Y, como mi intención es que haya total transparencia entre nosotros...

–¿Transparencia? Yo prefiero lo turbio, ¿no es eso lo que piensas de mí? –protestó ella, sabiendo que sonaba absurda y desesperada–. Me gusta una buena ciénaga, especialmente cuando se trata de nuestro matrimonio.

Cuando vio que Rihad contenía la risa, Sterling se sintió perdida.

Aquel hombre la abrumaba completamente.

—Será más que una sola noche en el desierto. Ya te he dicho que estaremos dos semanas, así que deberías resignarte a lo inevitable. ¿He hecho alguna promesa que no haya cumplido?

—¿Vas a ordenarme que me acueste contigo también? —le preguntó ella, con un tono tan absurdamente amable como si estuviera pidiendo una taza de té—. ¿Consumación bajo demanda?

No podía describir lo que le hacía su sonrisa, o cómo la hacía sentirse el brillo predador de sus ojos dorados. Cómo se colaba dentro de ella enredándolo todo y haciendo que se sintiera vacía y necesitada, asustada y anhelante al mismo tiempo.

¿Quería que le diese órdenes? «Agárrate a la mesa», le había ordenado aquella mañana. Y ella había obedecido. ¿Era por eso por lo que preguntaba?

—Si insistes —dijo él después de un momento, con un tono ronco que la hizo recordar esa mañana en el jardín, cuando Rihad la hizo llegar al orgasmo una y otra vez—. ¿Es así como te gusta, Sterling? ¿Prefieres que te den órdenes en la cama?

Era como si le hubiera leído el pensamiento y ella torció el gesto, como si la conversación le pareciese desagradable.

—No de ti.

Rihad volvió a sonreír, pero era una sonrisa más dura y crispada que antes.

–Nos iremos dentro de dos días, así que sugiero que te resignes a la tortura.

Y en ese momento estaban muy lejos de la civilización. El viaje en helicóptero había durado dos horas y habían dejado los límites de la ciudad en los primeros veinte minutos. No había nada más que kilómetros de arena en todas direcciones. Nada salvo una forzada intimidad, pensó con el estómago encogido. Nada que la hiciese evitar al único hombre cuyas caricias no la molestaban.

–He despedido a todos los empleados salvo a los más esenciales –la voz de Rihad hizo que diera un respingo. Cuando abrió los ojos lo encontró apoyado en una palmera, mirándola fijamente–. Solo estamos tú y yo. Y allí, a lo lejos, mi equipo de seguridad vigilando el perímetro.

–Para evitar que yo escape.

Él esbozó una sonrisa devastadora, casi tan poderosa como un beso. Provocaba en ella la misma mezcla de debilidad y asombro, y no sabía cómo enfrentarse a ello.

–Mis fieles y devotos guardias están aquí para protegerte, te guste o no. Pero sí, parte de esa protección incluye devolverte a mi tierno abrazo si se te ocurriera alejarte mucho del oasis. El desierto es un sitio traicionero.

–Qué considerado –murmuró ella, irónica, aunque tenía que contener la risa–. ¿Habrá hombres vigilando los manantiales también, por si siento la tentación de ahogarme para no tener que soportar tu compañía?

Rihad soltó una carcajada que la hizo tragar saliva. Era como ahogarse en la masculina versión del mejor chocolate que se pudiera imaginar, decadente y adictivo.

Tenía un problema. Y grave.

—Depende de en qué manantial quieras ahogarte —respondió él—. En el más cercano sería difícil porque apenas cubre. Sería más fácil ahogarte en una copa de vino.

—Eso se puede arreglar.

Rihad se acercó. Debería parecer un hombre vulgar, el epítome de la despreocupación con la camisa blanca y el pantalón color arena, pero era Rihad. Era el rey. Daba igual lo que llevase, nada podía ocultar el poder que llevaba consigo.

—¿Discutimos la agenda ahora que estamos aquí? —le preguntó cuando estaba demasiado cerca. Cuando ella no podía hacer nada más que perderse entre esa mirada y los latidos de su corazón.

—¿Nuestra luna de miel tiene una agenda? —Sterling intentaba mostrarse serena y no dar un paso atrás, aunque le hubiera gustado salir corriendo—. Pensé que los jeques se limitaban a disfrutar en sus lujosos oasis.

—Considera esto solo como una declaración de intenciones.

Ella quería tirarle algo a la cara, hacer algo, lo que fuera, para romper aquel hechizo que parecía empujarlos el uno hacia el otro, tan ardiente como el sol del desierto sobre sus cabezas.

—¿Y cuáles son tus intenciones exactamente? —le preguntó. Pero tenía la garganta seca porque estaba tan cerca que casi podía notar su calor y sentía el abrumador deseo de tocarlo... y eso la angustiaba más que nada.

–Creo que tú sabes lo que quiero que me digas –respondió él en voz baja.

Sterling no quería mirarlo a los ojos, pero lo hizo. Y entonces tembló de la cabeza a los pies, sintiéndose consumida y vulnerable. Pero no era por miedo, sino por algo que no estaba segura de entender.

–No –respondió.

Aunque no sabía lo que significaba. ¿No sabía lo que quería decir? ¿No iba a decírselo? ¿No en general?

Pero Rihad sonrió mientras le acariciaba la mejilla. Desarmándola y ofuscándola al mismo tiempo.

–Creo que sabes lo que quiero.

–Sé que esto es difícil de entender para ti –empezó a decir ella, intentando mostrarse firme, pero sofisticada y burlona, de esa forma que había perfeccionado con los años–. Pero no todo el mundo consigue lo que quiere todo el tiempo. De hecho, algunas personas nunca consiguen lo que quieren. Es lo normal cuando no eres el rey de todo lo que te rodea.

–Pero lo soy –murmuró él, sin dejar de acariciar su cara.

Seguía sonriendo y lo único que ella podía hacer era mirarlo, muda y desconcertada. Intentando entender esos confusos sentimientos que la hacían ser tan asombrosamente susceptible con él.

Pero luego, cuando apartó la mano de su cara y dio un paso atrás, Sterling se sintió como perdida. Intentó tomar aire, asombrada de seguir de pie, atónita de no haber caído al suelo por tanta intensidad.

–Debo atender unos asuntos –dijo Rihad entonces–. La triste verdad es que el líder del país nunca tiene vacaciones, pero cenaremos juntos. Mientras tanto, Us-hala te llevará a tu tienda y te ayudará a instalarte.

–¿Y si no quisiera cenar contigo? –lo desafió Ster-ling.

Porque los dos sabían que en realidad no estaban hablando de cenar.

En cualquier caso, él se limitó a sonreír.

Ushala llevó a Sterling a una de las tiendas, una especie de lujosa casa de invitados en medio de aquel oasis, y Rihad hizo un par de llamadas, impaciente con esa vida suya que no le permitía nada parecido a unas vacaciones de verdad. Ni siquiera una luna de miel.

Optó por no pensar que en su primera luna de miel había agradecido la oportunidad de poder traba-jar en el oasis porque ni Tasnim ni él habían espe-rado algo más que comer y cenar juntos mientras charlaban amablemente.

Pero Sterling era diferente. Tal vez lo había sa-bido desde el momento en que la vio, tanto tiempo atrás, en aquella acera de Manhattan.

Ella salió de la tienda cuando el sol empezaba a ponerse, pintando las dunas con los cambiantes colo-res del atardecer. Rojos, naranjas, rosas, dorados... y Sterling caminando hacia él en medio de todo aquello era como una obra de arte.

Rihad estaba sentado en uno de los *majlis*, una zona de asientos cubierta por una suave alfombra, con almohadones de alegres colores y una mesa baja, en el típico estilo beduino. La entrada de la tienda estaba abierta para dejar entrar el fresco de la tarde mientras miraba el atardecer como si fuera solo para él.

Sterling se dirigía hacia él por propia voluntad y eso lo complació, aunque de otro modo habría ido a buscarla. Y no sabía lo que eso le decía de sí mismo. Rihad no levantó la mirada cuando llegó a su lado, no apartó los ojos del horizonte.

Casi como si temiera que, al hacerlo, sus mejores intenciones se hundiesen en la arena o se fueran con el viento.

Sonrió mientras admiraba el glorioso espectáculo que tenía lugar ante él, los colores cambiantes del cielo. Nunca se cansaba del desierto. ¿Cómo podía hacerlo, cómo podría nadie? El paisaje cambiaba constantemente y, sin embargo, siempre era el mismo.

El cielo, con ese mágico despliegue diario de fiero esplendor, le recordaba quién era. Le recordaba que Bakri era parte de él como lo eran el cielo y la tierra cuando se unían en aquel momento asombroso cada día. Enredados, hechos uno.

Y eso era un matrimonio. Eso era lo que debería ser.

Lo que estaba decidido a que fuese aquel matrimonio, costase lo que costase.

Rihad decidió no analizar las razones por las que deseaba eso. Solo sabía que así era.

Sterling se sentó frente a él a la mesa con esa gracia innata suya que empezaba a ser algo adictivo.

—¿Te ha gustado tu tienda? —le preguntó, como si fuese una reunión protocolaria.

—Es preciosa —respondió ella en el mismo tono.

Rihad disimuló una sonrisa mientras hacía un gesto a los sirvientes, que aparecieron como por arte de magia con brochetas de cordero, un generoso cuenco de *humus*, un surtido de ensaladas y varios platos más.

Rihad aprovechó la oportunidad para estudiar a esa mujer, su mujer, que no se parecía nada a Tasnim. Nunca se había sentido así con su primera esposa, ni una sola vez. Nunca había experimentado aquella emoción latiendo bajo su piel que lo hacía sentirse posesivo incluso cuando Sterling no estaba a su lado.

Y mucho, mucho más cuando lo estaba.

Se había puesto una pashmina encima del vestido, envolviéndose en ella como si fuera un manto. Más para ocultarse de él todo lo posible, pensó con ironía, que para evitar el fresco de la noche. Su lustroso pelo rubio estaba sujeto en una sencilla coleta, pero eso no podía ocultar su natural distinción.

No podía evitar tener un aspecto elegante, incluso cuando intentaba parecer desaliñada. Había sido inquietante en esos anuncios que tomaron al mundo de la publicidad por sorpresa años atrás, con los altos pómulos, los ojos mundanos y esa boca de pecado. Más de una década después, seguía siendo asombrosamente bella, por mucho que ella quisiera ocultarlo.

Y él solo era un hombre.

Recostado en los almohadones la miraba comer con evidente regocijo. Aquella mujer que podía tirar a los hombres como piezas de un dominó. Tirar un reino entero. Pulverizar mundos.

O tal vez solo se lo parecía a él porque esperaba algo muy diferente.

–Me miras como si fuera un animal en el zoo –comentó ella con sequedad después de comer un par de chuletas de cordero y una ensalada–. Vas a provocarme una indigestión.

–Estoy esperando que termines de comer. Estás reuniendo energía para el sexo, ¿no? Para la «consumación bajo demanda», creo que lo llamaste. Te lo advierto, Sterling, soy muy exigente.

–El sexo –repitió ella. No había ninguna reacción visible en ese rostro perfecto o en esos ojos tan azules cuando lo miró, pero él sabía que la afectaba. Podía sentir cómo el aire crepitaba entre ellos–. ¿Debo entender que vas a hacer una demostración tú solo? ¿Aquí mismo, en la tienda? Qué fascinante. Pues lo siento, pero yo no voy a mirar. No quiero que se me revuelva el estómago después de tan espléndida cena.

Él siguió mirándola en silencio mientras los sirvientes se llevaban los platos y volvían luego con un surtido de tentadores postres, pero Rihad no se imaginaba un postre mejor que ella.

–No vas a hacerme enfadar con tus burlas –le advirtió, adoptando el papel de lánguido rey del desierto porque sabía cómo la afectaba. Podía verla cambiando de postura sobre los almohadones, como si no se encontrase cómoda–. ¿Has decidido que debemos lanzarnos al sexo en lugar de tener una discusión franca sobre ti y sobre tu vida? Si eso es lo que deseas, me parece bien.

No era eso lo que Sterling deseaba. En absoluto, se dijo. Pero tenía la impresión de que estaba mintiéndose a sí misma.

Y lo peor de todo era que Rihad lo sabía.

–¿Te relacionas alguna vez con alguien sin amenazarlo directa o indirectamente?

–La mayoría de mis relaciones son de naturaleza política –respondió él tranquilamente, con sus ojos oscuros brillando a la luz de los faroles–. De modo que mis conversaciones suelen tratar sobre juegos de poder o ganancia económica.

–Pero sabes que algunas personas mantienen conversaciones normales, ¿no?

Rihad sonrió.

–He oído rumores, sí.

–Pues lo siento, pero tengo que declinar tu oferta –dijo ella, con esa sonrisa amable y distante que había perfeccionado con los años–. Nunca había estado en un oasis y me gustaría nadar en medio del desierto. Por tentadora que sea tu oferta de hurgar en mi pasado, me temo que tendrá que esperar.

Rihad siguió estudiándola con esa media sonrisa de aquiescencia. Esa sonrisa de los hombres poderosos cuando cedían sin conceder nada.

Sterling se levantó y pasó a su lado para dirigirse hacia el más profundo de los tres manantiales, a unos pasos de la tienda. Estaba rodeado de faroles que iluminaban el agua con sus bailantes luces, dándole un aspecto invitador, misterioso. Sterling se quitó las sandalias y dejó caer la pashmina.

–Sabes que no me engañas –dijo Rihad, reclinado sobre los almohadones–. Sé lo que intentas hacer.

–¿Nadar? –replicó ella, mirándolo por encima del hombro–. Su capacidad de observación es admirable, Su Majestad.

Luego se quitó el vestido, quedando con un diminuto y provocativo bikini de color dorado.

Podía sentir la repentina quietud tras ella como una épica implosión nuclear. Sabía que Rihad sentía el mismo deseo que latía en ella, pero no giró la cabeza. No tenía que hacerlo. Ese era el objetivo, la distracción.

Devolvérsela un poco. Hacerle pagar.

Había trabajado de modelo el tiempo suficiente como para conocer bien su cuerpo. Había dado a luz unos meses antes y tenía una figura algo diferente, y nuevas marcas en su vientre, como garras. Dudaba que su estómago volviese a ser plano algún día, pero conocía el poder de sus curvas y sabía que ese bikini dorado haría que Rihad no pudiese conciliar el sueño. Como no lo había podido conciliar ella desde esa mañana en los jardines del palacio.

Después de todo, aquello se le daba bien porque una vez se había ganado la vida utilizando su cuerpo. Pero no quería pensar en el pasado. Quería dejarlo atrás durante el tiempo que pudiese. Esa noche solo quería hacer que Rihad padeciese como padecía ella.

El agua del manantial, con la luz dorada de los faroles bailando sobre la superficie, se parecía a los hipnóticos ojos de Rihad.

Y Sterling se lanzó de cabeza.

Capítulo 10

EL AGUA era fresca, transparente.

Era como una caricia de seda sobre su piel y, si pudiera, se quedaría allí para siempre. Buceó hasta que le empezaron a doler los pulmones y luego pateó para salir a la superficie.

Para encontrar a Rihad en cuclillas al borde del manantial, con su oscura mirada clavada en ella. El corazón de Sterling dio tal vuelco dentro de su pecho que le sorprendió no ver ondas en el agua como resultado.

–¿Crees que estás a salvo en el agua? –le preguntó él con gesto serio, como si el deseo estuviese marcándolo como ella sentía que la marcaba. Como tallándola lentamente hasta que no sabía qué quedaría de ella o quién sería cuando terminase.

–Creo que la seguridad es relativa cuando se trata de ti –respondió, tal vez con demasiada frivolidad, mientras nadaba hacia el borde–. Los reyes no suelen poner las necesidades de sus mujeres por delante de las suyas.

–¿Conoces a muchos reyes?

Sterling se apartó el pelo de la cara. El brillo de los ojos dorados era como una caricia, como un cable pelado tocando su piel.

–No, pero sé algo de la vida.

Rihad la estudiaba con un gesto tan serio y concentrado que deseó escapar antes de que pudiera ver hasta el último rincón de su sucia alma.

–Conservo la modesta esperanza de ser menos sanguinario que muchos de los reyes que me han precedido –replicó él–. Y sé que soy mejor para mis esposas que la mayoría de ellos, ya que aún no he ejecutado a ninguna.

–¿Y esa podría ser una posibilidad cuando se trata de mí?

–Estamos hablando de poder absoluto, así que todo está sobre la mesa. Algo que debes recordar la próxima vez que te sientas peleona –respondió Rihad. Pero estaba sonriendo y Sterling empezaba a encontrar adictiva esa sonrisa–. Aunque me imagino que no quieres charlar sobre los poderes de la monarquía de Bakri, ¿no?

–No quiero hablar contigo en absoluto. Solo quiero nadar.

–Entonces nada, Sterling, nada todo lo que quieras.

Pero ella no se movió.

Podrían haberse quedado así, helados, inmóviles durante una década y ella no se habría enterado. Porque no podía apartar la mirada de aquel hombre que tenía más poder sobre ella que ningún otro.

Por fin, él alargó una mano para acariciar perezosamente uno de sus hombros. Luego la deslizó por su clavícula hasta el otro hombro... provocando un estremecimiento que la recorrió entera.

Y Sterling seguía sin entender por qué su roce era

el único que la hacía sentirse así, como envuelta en una tormenta de deseo, como fuera de su propia piel. No entendía por qué lo deseaba tanto cuando nunca había deseado a un hombre en toda su vida.

Cuando nunca había querido que un hombre la tocase siquiera.

No entendía nada de aquello. Solo sabía que cuando la tocaba le entraban ganas de sollozar... y no porque le hiciese daño. Y cuando no la tocaba era aún peor.

No se entendía a sí misma, no se reconocía. Tal vez porque se sentía como una mujer después de todo. No un saco de arena, no una percha, no un adorno, no una madre. Una mujer por primera vez.

—Te odio —susurró.

Como había hecho el día de su boda.

Pero aquella vez Rihad sonrió y esa sonrisa hizo aletear su corazón.

—Lo siento mucho, pequeña —murmuró, clavando en ella sus ojos dorados. La hacía temblar y, en esa ocasión, no solo por dentro—. No es fácil convertirme en el monstruo que tú quieres que sea, ¿verdad?

—Tal vez no —asintió ella, intentando hacer algo, lo que fuera, para que no descubriese la verdad sobre ella. Antes de que fuera demasiado tarde—. Pero esto sí es muy fácil.

Sterling agarró la mano con la que se sujetaba al borde del manantial y tiró de ella con todas sus fuerzas.

Lanzando al rey de Bakri al agua.

Rihad se hundió como una piedra y ella respiró agitadamente, sin saber qué hacer. Estaba a punto de

salir del manantial cuando él apareció a su lado, aco-
rralándola contra el borde.

¿Por qué había hecho eso?, se preguntó. No sabía
cuál sería su reacción.

Pero Rihad se estaba riendo.

Riendo a carcajadas. Sterling quería pensar que se
había tomado a broma que lo hubiese tirado vestido
al agua, pero, cuando dejó de reírse y la miró con esos
ojos dorados, no había regocijo en su expresión.

–Eso, Sterling –le dijo, con un tono tan sensual
que le provocó un latido en el sexo–, ha sido un error.

Y entonces la envolvió en los brazos y la apretó
contra su torso.

Tomó su boca como si fuera suya porque así era.
Sterling era suya. El roce de su lengua, su calor,
cómo se entregaba rápida y completamente, animán-
dolo.

Aquella era su mujer. Suya.

Cuando le echó los brazos al cuello pensó que podrían ahogarse los dos mientras la besaba, gozando
tanto que creyó que iba a morirse. Y le daría igual si
así fuera.

No había tiempo, ya no. Tenía que estar dentro de
ella y nada más importaba. Ni sus secretos, ni su pasado, nada de lo que aún no le había contado y evi-
taba contarle a toda costa. Nada importaba más que
aquel fuego, aquel beso perfecto, el roce de sus pre-
ciosos pechos ocultos bajo el trozo de tela dorada, la
húmeda gloria de su sabor.

Su Sterling. Su reina.

Haciendo un esfuerzo para controlarse, tiró de
ella hacia la zona del manantial donde podían hacer

pie y la atrapó entre la orilla y su cuerpo. Tenía la ropa empapada, pero le daba igual. Solo le importaba Sterling. Las manos que se clavaban en sus hombros, las piernas que envolvían sus caderas.

Y, por primera vez en su vida, Rihad dejó de pensar.

A duras penas, se quitó los empapados pantalones y luego, con sus bocas aún unidas, metió una mano entre los dos y, loco de deseo, apartó a un lado la braga del bikini para acariciar los suaves y ardientes rizos entre sus piernas.

–Rihad... –musitó ella sobre su boca. Y era el sonido más sexy que había escuchado nunca.

Sin pensar, movido por un deseo que no podía ni quería contener, se hundió en ella, haciéndola suya del todo.

Por fin.

Sterling dejó escapar un extraño sonido, como un gemido de dolor, y Rihad se apartó para mirar su hermoso rostro, con la niebla de deseo aclarándose ligeramente.

En sus ojos había una emoción que no era capaz de reconocer y se quedó inmóvil mientras ella intentaba encontrar el aliento.

–¿Estás bien? –le preguntó en voz baja, tan dentro de ella, tan hundido que pensó que iba a morirse de gozo. Era tan caliente, tan húmeda, tan estrecha, como si hubiera sido creada para recibirlo–. ¿Te he hecho daño? ¿Aún no has curado del todo después del parto?

–No... –empezó a decir ella, apartando la mirada–. Estoy bien. He curado... es que... esto es raro, nada más.

–Raro –repitió él, como si no entendiese el significado de esa palabra. Y cuando se apartó unos centímetros para mirarla a los ojos...

Sterling McRae se puso colorada.

Hasta la raíz del pelo. Como si fuese totalmente inocente. Como si fuera su primera vez.

Pero eso era absurdo.

Sin embargo, una vez que ese pensamiento echó raíces, Rihad no parecía capaz de esquivarlo. Había querido perderse en ella, llevarlos a los dos al delirio con el deseo que tenía guardado y que lo había perseguido durante meses, pero en lugar de eso redujo el ritmo, se tomó su tiempo.

La trató como a la virgen que no podía ser.

La besaba por todas partes, haciendo que su piel se enrojeciera, marcando un ritmo lento, perezoso y perverso al mismo tiempo. Cada vez que se apartaba, aunque solo fuera un milímetro, ella lo agarraba como para no dejarlo escapar. Y entonces empujaba con más fuerza. Usó la boca, las manos, los dientes y la voz hasta que la tuvo retorciéndose de placer contra él, jadeando de pasión como había querido.

Luego bajó la mano para acariciarla mientras empujaba contra el centro de su deseo y la envió al espacio.

Y fue lo más hermoso que había visto nunca. Tan increíblemente hermoso que le dolía... y no había terminado.

Cuando se recuperó, jadeando, empezó a empujar con más fuerza, más rápido. La sujetó por las caderas, embistiéndola hasta que la hizo gritar. Sterling llegó al orgasmo de nuevo y, en esa ocasión, Rihad fue con ella.

Pero entonces ya no tenía dudas.

Sterling era virgen.

Había dado a luz, pero estaba seguro de que él era el primer hombre en su vida.

Él había sido el primero.

Y en ese momento era suya.

Rihad estaba inusualmente silencioso mientras salía del manantial, pero Sterling seguía flotando entre las nubes, perdida en las sensaciones que la asaltaban.

Él la ayudó a salir del agua y la tomó en brazos para llevarla a su tienda. Una vez dentro, ella parpadeó para acostumbrarse a la suave luz del interior y, cuando lo hizo, tuvo que contener un gemido.

Porque aquello era como un sueño. Mientras su tienda era una especie de lujosa habitación de hotel, la de Rihad parecía sacada de *Las mil y una noches*, decorada en tonos rojos y dorados, desde la cama, colocada sobre una tarima, a la zona de asientos, con almohadones en el suelo alrededor de lo que parecía una estufa. Había varios divanes y estanterías llenas de libros, baúles con incrustaciones de joyas, gruesas alfombras y biombos labrados. Era como la fantasía de un harem... y Rihad parecía uno de los seductores hombres que los gobernaban.

Aunque él era mejor que cualquier fantasía, por mucho que no quisiera admitirlo.

Rihad atravesó la habitación y desapareció tras un biombo para entrar en lo que debía de ser un cuarto de baño. Ella se quedó de pie, chorreando sobre la alfombra, y cuando él volvió en su rostro había una expresión indescifrable. Se había quitado la ropa mojada y estaba orgullosamente desnudo, dirigiéndose hacia ella como si fuera lo más natural del mundo.

Y seguramente lo era. Incluso ella entendía que la desnudez era parte del sexo.

«El sexo que tú desconoces», se recordó a sí misma. O que desconocía hasta un momento antes, cuando se había deshecho entre los brazos de Rihad.

Había sido su primera vez, pero todo había terminado rápida y eficazmente. Y lo mejor era que él no se había dado cuenta. No había habido una conversación incómoda, llena de explicaciones y confesiones, todo lo que había temido que pasaría si alguna vez se dejaba llevar por el deseo que despertaba en ella.

Pero seguía tan excitada, tan ansiosa por él, que temblaba de arriba abajo.

Él volvió a tomarla en brazos, como si no pesara, o como si fuera suya del todo. Ese era un pensamiento electrizante y debería haber protestado, pero no lo hizo y Rihad la dejó sobre la tarima, al lado de la cama, y empezó a quitarle el bikini, sus manos eran como hierros candentes.

Sacó una toalla para secarla cuidadosamente y, antes de que terminase, estaba inquieta y excitada de nuevo, cambiando el peso del cuerpo de un pie a otro. Y, cuando la tumbó sobre la cama, abriendo sus piernas con las manos, Sterling dejó escapar un gemido.

–Rihad...

Él levantó sus rodillas y la sostuvo así durante unos segundos, con sus partes íntimas expuestas ante la ardiente mirada, y luego se inclinó para rozarla con la lengua.

Un sonido que solo podía ser descrito como un grito ahogado escapó de su garganta.

Y Rihad se tomó su tiempo, saboreando cada contorno, cada pliegue. Se apoderó de su feminidad como se había apoderado de su boca, y ella ardía en un delirio de deseo incontrolable.

Él se rio sobre su sexo y la risa pasó a través de ella como un relámpago, haciéndola caer a un abismo de dulce inconsciencia.

Cuando volvió en sí, Rihad estaba sobre ella, con el rígido y orgulloso miembro entre sus piernas. Sin decir nada, empujó con fuerza, empalándola.

Aquella vez fue diferente, más oscuro, más ardiente.

Más fuerte.

Sterling se retorcía de placer, temiendo y deseando lo que sabía iba a pasar de nuevo.

–Suplícame –le ordenó él con un tono tan duro y salvaje como sus propias caricias.

Y Sterling no lo pensó, no discutió.

Obedeció. Le suplicó.

Y eso fue mucho mejor.

Más excitante, más dulce.

Rihad la embistió una y otra vez, convirtiéndola en una criatura que nunca hubiera imaginado. Lo arañó, le suplicó, recibiendo cada acometida de su poderoso cuerpo como si estuviera hecha para eso, para él. Como si hubiera esperado todo ese tiempo por él.

Quería que durase para siempre y pensó que se moriría si no fuera así.

Y aquella vez, cuando terminaron los dos a la vez, Rihad gritó su nombre como una ronca plegaria.

No sabía cuánto tiempo durmió o si estaba dormida; tal vez había perdido el conocimiento después de la enormidad de lo que había pasado. Pero cuando se despertó de nuevo estaba pegada a él y Rihad jugaba con su pelo. En silencio, deslizaba los dorados mechones entre sus dedos con una enigmática expresión en su hermoso rostro, ese rostro que sentía estampado en ella como una marca.

Sterling se sentía... diferente. Como si él la hubiera desmantelado para ensamblarla de nuevo. Y sabía que nunca volvería a ser la misma. Se sentía profunda, irrevocablemente cambiada, como si no pudiera reconocerse ante el espejo.

Se sentía como si la hubiera enseñado a volar.

Pero no podía decírselo. Rihad no podía saberlo, era demasiado arriesgado.

—Sterling...

Ella giró la cabeza para mirarlo a los ojos.

—Rihad... —murmuró, preguntándose si su nombre sonaría así para siempre, como un poema.

—Quiero hacerte una pregunta.

—Cualquier cosa —dijo ella. Y lo decía en serio. Especialmente si podían seguir haciendo aquello. Solo unos cientos de veces más, pensó, y tal vez su deseo quedaría saciado.

Rihad se apoyó en un codo para mirarla a los ojos.

—¿Cómo es posible que fueras virgen?

Sterling se quedó inmóvil mientras él alargaba una mano para acariciar su pelo.

—Eso es ridículo —empezó a decir, aunque su voz sonaba apagada. O tal vez no podía oírse bien por los salvajes latidos de su corazón–. ¿Olvidas que acabo de tener una hija?

Rihad le sostuvo la mirada.

–Sé que lo eras –murmuró, esbozando una sonrisa casi tierna–. Ave Sterling, llena de gracia–. ¿Vas a contarme cómo te quedaste embarazada?

–De la forma habitual –respondió ella, torciendo el gesto al ver que él arqueaba las cejas–. Quiero decir por fecundación in vitro. Ya te he contado que tu hermano era gay.

–Sí, ya lo sé –el tono de Rihad eran tan seco como el desierto que los rodeaba–. Me lo he imaginado porque no he visto al Espíritu Santo sobre el manantial. ¿Cómo es posible que fueras virgen? Tú no has vivido precisamente como una monja.

Sterling se aclaró la garganta para ganar tiempo porque no podía levantarse y salir corriendo. Rihad la atraparía enseguida y tendría que responder quisiera o no.

–Verás... –empezó a decir después de lo que le pareció una eternidad, aunque él no había movido un músculo–. No era un plan preconcebido, sencillamente fue así.

–¿Y cómo es posible? –le preguntó Rihad, mirándola de un modo tan extraño que casi se emocionó. Porque la miraba con algo que parecía ternura. Y cuánto le gustaría que lo fuese de verdad–. Eras una chica preciosa y sola en Nueva York. Resulta difícil creer que no te interesara ningún hombre.

Ella abrió la boca para contarle otra mentira, pero no podía hacerlo. Era como si de verdad todo hubiera cambiado, le gustase o no. No se trataba solo del sexo, sino de Leyla. Rihad la había salvado de sí misma cuando estaba enajenada por el sentimiento de culpabilidad, apoyándola, ayudándola, haciendo que se sintiera como una buena madre. Y cuando le hacía el amor... se apoderaba de su cuerpo, de su alma, completamente.

¿A quién quería engañar? Era él.

Y no quería pensar en lo que eso significaba porque creía saberlo y era una locura. Pero tampoco podía mentirle.

—Mis padres de acogida eran la mejor gente —empezó a decir, con una sonrisa falsa, ensayada, como si así fuera más fácil hablar de ello. Como si algo pudiese hacerlo más fácil—. Eso era lo que teníamos que decir, en caso de que no fuéramos lo bastante agradecidos. Eran amables, generosos, aceptaban en su casa a niños como yo, que habían sido abandonados. Tenían sus propios hijos, eran activos y responsables miembros de la comunidad. Todo el mundo los adoraba. ¿Y por qué no? Mis padres de acogida nunca dejaban marcas. A veces se limitaban a pegarnos, pero otras veces hacían elaborados juegos, usándonos como diana. Practicaban la puntería con cigarrillos, latas, a veces tenedores o cuchillos, pero nunca dejaban marcas visibles. Siempre nos decían que podíamos chivarnos si nos atrevíamos, que disfrutarían destrozándonos en público porque nadie creería una mala palabra sobre «los santos» del vecindario. Y tenían razón.

—¿Dónde está esa gente ahora? —le preguntó Rihad, con un tono tan letal como si hablase de arrasar ciudades enteras con la potencia de su furia.

Y eso hizo que algo que estaba congelado, muerto, dentro de ella renaciese en una explosión de calor.

–Los he dejado atrás, ahí es donde están –respondió, apoyando la cara en su mano–. Pero desde entonces sé que hay gente malvada en el mundo y sé lo crueles y terribles que pueden ser cuando tienen poder. Así que me convertí en una princesa de hielo que no quería ser tocada por nadie. Siempre seria, siempre demasiado sobria para «pasarlo bien», así que los hombres me dejaban en paz. Entonces conocí a Omar y ya no tuve que preocuparme porque todo el mundo creía que estábamos juntos. Y así es como, accidentalmente, terminé siendo virgen.

Rihad permaneció en silencio durante largo rato y Sterling habría dado cualquier cosa por saber lo que pensaba. Lo que estaba pasando bajo el austero rostro y esa desconcertante boca. Quería besarlo hasta que ninguno de los dos pudiera pensar. Quería hundir la cara en su cuello, como si eso pudiera mantenerla a salvo de aquel torbellino de emociones que no podía identificar. Rihad lo haría, pensó, la mantendría a salvo.

Y, que Dios la ayudase, quería tantas cosas que tenía miedo a nombrar...

–Pero has dejado que yo te tocase –dijo él entonces–. Dos veces.

–Sí –asintió Sterling, con la garganta tan seca que le dolía al tragar–. Es verdad.

–¿Por qué? –preguntó Rihad, acariciándole el cuello con un dedo–. ¿Por qué yo?

–Estamos casados –respondió ella, tan circunspecta como si estuvieran tomando el almuerzo en un

exclusivo club de campo–. Tu nombre está en la partida de nacimiento de mi hija.

Lo vio sonreír de nuevo, vio cómo sus ojos se iluminaban y tuvo que contener el aliento.

–Vaya, Sterling. Eso suena tradicional y anticuado.
Pensé que tú eras más moderna.

–Me parecía lo más seguro –respondió ella, atrapada en su mirada, perdida en sus caricias–. Y también, para ser sincera, porque pensé que no te darías
cuenta.

–Me he dado cuenta.

–¿Porque yo... porque yo no...?

Rihad sonrió mientras se colocaba sobre ella,
atrapándola con su fabuloso cuerpo.

–Tú has sido exquisita, una maravilla –la interrumpió en voz baja, con un tono cargado de sinceridad–.
Pero yo soy anticuado, Sterling, como tú has señalado
muchas veces. Profundamente tradicional en todos los
sentidos.

Ella estaba temblando, y no era por miedo.

–No sé qué quieres decir.

–Quiero decir que estabas más segura cuando
pensaba que eras una buscavidas –respondió Rihad,
quemándola con su oscura mirada y cambiándolo
todo–. Ahora sé que solo eres mía. Solo mía para
siempre. Y yo, pequeña, soy un hombre muy egoísta.

Y luego procedió a demostrárselo.

Capítulo 11

UN MES más tarde, Sterling tuvo que enfrentarse con un titular que era como una bofetada, el golpe que había esperado durante todo ese tiempo. Se quedó inmóvil en el balcón de la suite, mirando la tablet que Rihad había dejado allí cuando entró en la habitación para hacer una llamada. Y se sentía enferma.

¡La viuda negra Sterling McRae atrae al rey Rihad a su tela de araña! decía una famosa revista europea sensacionalista. Y el artículo era aún peor.

La sex-symbol Sterling McRae hace gala de cuerpazo tras el parto y esclaviza al rey del desierto. El rey Rihad no puede apartar los ojos, o las manos, de la amante de su hermano. «Pero Sterling dejó una larga lista de corazones rotos en Nueva York», cuentan sus preocupados amigos. ¿Será el formidable rey una más de sus múltiples conquistas?

Tantas formas de llamarla buscavidas o fulana sin hacerlo. Y lo peor era que no se lo había esperado.

Y debería. Por supuesto que debería, pero había pensado que estando casada con Rihad los horribles paparazzi la dejarían en paz.

Había sido increíblemente ingenua.

«No hay finales felices», se recordó a sí misma entonces, mirando el horizonte azul del mar que se extendía ante ella. «Para ti no, nunca».

Pero había querido creer lo contrario.

Aquellos largos y perezosos días en el oasis habían sido un estallido de deseo, un aprendizaje erótico bajo el sol del desierto, en el agua fresca del manantial, en la tienda. Rihad despertaba en ella un ansia que solo él podía satisfacer.

Sterling había explorado cada centímetro de su orgulloso, infinitamente masculino cuerpo. Lo había saboreado, lo había tomado en su boca. Había aprendido cómo hacerlo gemir de placer y cómo gritar cuando era él quien la hacía gozar. Rihad la había tomado bajo las interminables estrellas, en la suave cama y en la lujosa bañera de la tienda beduina. Había sido inventivo, desinhibido y exigente como había prometido. Y ella había aprendido a corresponder.

Se había entregado a los exquisitos placeres de la carne que se había negado a sí misma durante tanto tiempo, durante toda su vida. Al deseo, la lujuria y el dulce olvido. Había comido demasiado, bebido demasiado. Se había perdido en Rihad una y otra vez. Le había contado la verdad sobre sí misma, o una parte de la verdad, y el mundo no se había hundido bajo sus pies.

Se había imaginado que Rihad era tan poderoso como parecía, que de verdad podía dominar sus pesadillas. Que Leyla, ella y aquel hombre maravilloso podían crear sus propias verdades y vivir en ellas. Que por fin tendría la familia que siempre había querido.

Pero había olvidado quién era.

Habían pasado semanas desde que volvieron del oasis y no había que ser un genio para entender por qué las revistas volvían a hablar de ella. El artículo publicaba una lista de los líderes regionales y celebridades locales que habían acudido a la inauguración de un nuevo complejo hotelero situado frente a la bahía de Bakri la semana anterior. De modo que a algún invitado no le había gustado que la controvertida reina apareciese del brazo de Rihad y había hablado con las revistas sensacionalistas para mostrar su malestar.

—Prefiero no leer esas tonterías —dijo él desde la puerta del balcón, su voz ronca hizo que a Starling le diese un vuelco el corazón—. Solo publican basura.

—Te dije que no me llevases a ese evento, Rihad. Yo sabía lo que iba a pasar.

—No tienes por qué hacer caso de esos malintencionados cotilleos —insistió él—. Eso es lo que tú misma me dijiste.

Pero todo había cambiado. Ella era una persona diferente en ese momento y no quería empañar lo que había entre los dos con aquella antigua encarnación de sí misma.

—Y será aún peor —Sterling puso las manos sobre su regazo, intentando calmarse—. Siempre es peor. Ya me llaman «la Reina Casquivana».

—Nadie se atrevería a publicar eso —replicó Rihad con gesto serio—. No se atreverían a menos que quisieran darme explicaciones a mí personalmente. Y te aseguro que nadie querría eso.

—Lo hacen en los comentarios del artículo.

–Idiotas que no tienen nada mejor que hacer.

–No puedes amenazar a todo el planeta, Rihad. No puedes decretar que la gente olvide mi pasado.

–Tu pasado imaginario.

–¿Y eso qué importa? Lo único que importa es lo que la gente crea –Sterling sacudió la cabeza–. ¿No es por eso por lo que fuimos de luna de miel?

–Esa era una de las razones, sí –asintió él–. Pero la menos importante.

Tenía un aspecto oscuro y formidable con la inmaculada túnica blanca, que se había puesto para una reunión con los líderes de una tribu local, pero ya no la intimidaba. El poder y la autoridad que emanaba la hacían temblar por otras razones. Cuando clavaba en ella sus ojos oscuros se le ponía la piel de gallina. Le gustaría perderse en él, pero su pasado la perseguía y siempre sería así. Daba igual lo que hiciera, todo el mundo pensaría lo peor de ella.

Durante los años que vivió con Omar había querido creerse inmune porque esa clase de notoriedad era exactamente lo que buscaban.

Pero Rihad era diferente. Rihad no tenía que esconderse, y lo último que deseaba era que la prensa desprestigiase a su esposa, la reina de Bakri.

Él se merecía algo mejor que un matrimonio de segunda mano, por mucho que en la cama pareciesen hechos el uno para el otro. El sexo era algo nuevo para ella, pero no para Rihad. Podía conseguirlo con otra mujer, se recordó a sí misma, sintiendo una punzada de dolor. Al fin y al cabo, era el rey de Bakri y habría muchas mujeres dispuestas a tener una relación con él.

Era ella quien no se podía ni imaginar a otro hombre tocándola. Ella era la que estaba rota.

—Te casaste para frenar el escándalo —le recordó, temiendo la oscuridad que lo envolvía todo, cada parte de ella—. No para provocar uno cada vez que sales conmigo del palacio.

Rihad se quedó pensativo un momento, mirándola con una expresión indescifrable desde la habitación en la que ella pasaba la mayor parte del tiempo desde que volvieron del desierto. Ni siquiera lo habían hablado, sencillamente había trasladado sus cosas a su suite y Sterling estaba tan hechizada por aquel hombre que no había puesto objeciones.

Y fue entonces, furiosa consigo misma y preocupada por el futuro, cuando entendió que se había enamorado de Rihad al Bakri.

Se quedó asombrada. Fue un golpe tan brutal como el titular de la revista. Era como si toda su vida hubiera encallado allí mismo, decisiva y desastrosamente.

El amor no era algo que estuviera a su alcance. Nunca sería así.

¿Cómo había conseguido engañarse a sí misma durante todo ese tiempo? Una hija, un marido...

«Nadie te querrá nunca», le habían dicho. «Esto es lo que te mereces y, en el fondo, lo sabes».

Lo sabía y no debería haber dejado que todo se complicase de ese modo.

—¿Qué estás pensando? —le preguntó Rihad—. ¿Por qué tienes esa expresión tan triste?

—Me preguntaba cuándo podremos divorciarnos —respondió ella, con un tono sorprendentemente firme. Había demasiadas cosas dando vueltas en su cabeza, como si estuviese a punto de estallar una tormenta–. Es la manera más fácil de resolver el problema. Tú seguirás siendo el heroico rey que se casó para asegurar la posición de Leyla y cuando hablen mal de mí no te afectará en absoluto.

Él la miró con los ojos brillantes.

–¿Crees que estoy afectado? –le preguntó.

–Todos dirán que soy una madre cruel por dejar a Leyla antes de que cumpla un año –siguió Sterling como si no lo hubiera oído–. Pero tarde o temprano dejarán de hablar sobre mí, y una vez que te cases con una mujer más apropiada podremos llegar a un acuerdo para que siga formando parte de la vida de mi hija.

–¿De qué demonios estás hablando?

–De nuestro divorcio –respondió ella, intentando contener un sollozo–. Leyla es ahora una legítima princesa de Bakri, como tú querías, y ya no hay ninguna razón para que yo siga aquí.

–¿Porque hasta ahora lo has pasado mal? –la desafió Rihad. Y ella tuvo que hacer un esfuerzo para no reaccionar, para no mostrar cuánto le dolía–. Lo siento mucho, pero no te creo.

–Pero yo...

–Esta mañana has gritado de placer en la ducha... dos veces. Y entonces no tuve la impresión de que te hubieras resignado a los horrores de nuestro matrimonio.

Ella se cruzó de brazos, mirándolo como si siguiera odiándolo, como si lo hubiese odiado alguna vez, cuando su corazón latía desbocado.

Pero así era como había empezado todo.

–Estás hablando de sexo –le espetó, desdeñosa.

Como si quisiera hacerle daño, como si quisiera recordarle que aquello no debería haber pasado. Como culpándolo de que disfrutase del sexo y de hacerla albergar la fantasía de una vida feliz que nunca podría tener. Como si amarlo fuese culpa de Rihad, un castigo por atreverse a imaginar que podía amar a alguien sin repercusiones cuando le habían enseñado lo contrario mucho tiempo atrás.

–Sterling...

–Yo no sabía nada sobre el sexo, pero reconozco que es muy... divertido.

–Divertido –repitió él en voz baja.

–Y te agradezco que me hayas enseñado ese nuevo mundo –siguió ella, sin dejar de mirarlo–. De verdad.

–Enseñarte un nuevo mundo –repitió él con expresión incrédula. Y, en esa ocasión, Sterling sintió un escalofrío por la espalda.

Le dolía en el alma, pero, si lo amaba, si quería a su hija, y no sabía que se pudiese amar tanto a alguien, tenía que solucionar aquello.

Y solo había una forma de hacerlo.

Tal vez siempre había sabido que terminaría así. Quizá por eso nunca había dejado que otro hombre la tocase. Porque daba igual quién fuera, siempre terminaría así, enfrentándose con lo peor de su vida y sin forma de escapar.

«No hay ningún otro hombre», le dijo su vocecita interior. «Para ti no».

Sabía que era cierto, pero eso no cambiaba nada.

–Pero tú no eres el único hombre del mundo, aunque lo creas –anunció, para no dejarse llevar por todo lo que tanto anhelaba–. Solo has sido el primero.

Rihad se quedó tan inmóvil como uno de los pilares de piedra que sustentaban el palacio, duro y helado. Y eso hubiera sido más seguro para Sterling porque, de repente, se veía sacudido por algo tan vasto, tan violento, que le sorprendía que el palacio no se hundiera bajo sus pies. Sentía una opresión en el pecho y podía escuchar los salvajes latidos de su corazón.

–Soy el primero, sí –asintió, como el hombre civilizado que siempre había creído ser, antes de que ella apareciese en su vida, despertando a la criatura salvaje que rugía en su interior–. Y el último, Sterling. Deja que te aclare eso.

–Eso no depende de ti –replicó Sterling, levantando la barbilla.

Rihad deseaba tocarla, pero antes tenía que controlar su temperamento, algo a lo que no estaba acostumbrado.

Nunca se había dejado llevar por el deseo, por esa exquisita debilidad, hasta que la conoció a ella. En ese momento, el deseo era como una tormenta y tenía que hacer un esfuerzo sobrehumano para controlarse.

–Creo que descubrirás que sí puedo.

–No hay que ponerse emotivo –lo amonestó ella. Y Rihad se quedó tan asombrado como ese día, en Nueva York, cuando empezó a darle órdenes.

–¿Perdona?

Sterling se levantó, con un vestido largo y los pies

descalzos, una combinación que él encontraba enloque-
cedoramente erótica. ¿O era otra emoción? Parecía estar lleno de ellas cuando se trataba de Sterling McRae.

–No sé por qué no ves esta situación como la veo
yo. Cuanto antes nos divorciemos, más fácil será re-
habilitar tu imagen.

–A mi imagen no le pasa nada.

Ella señaló la tablet.

–Evidentemente, eso no es verdad.

Incluso sonrió serenamente mientras pasaba a su
lado, con la larga falda del vestido flotando alrededor
de sus bonitos pies. Hacía que cada movimiento pareciese un baile... incluso cuando se alejaba de él.

Y aquello era absurdo. Estaba intentando provo-
carlo, pero no entendía por qué. Sabía que lo deseaba
tanto como la deseaba él. No se había imaginado su
deseo aquella mañana, en la ducha, ni cómo había
gritado su nombre mientras se apretaba contra él. Y
había visto esa fiebre en su mirada. Siempre estaba
ahí. Siempre.

No se había imaginado todo lo que había pasado
entre ellos durante ese último mes. Sterling era suya
en todos los sentidos y no tenía intención de divor-
ciarse o permitir siquiera que durmiese en otra habitación. ¿Qué importaba que ella lo admitiese o no?

Sin embargo, Rihad descubrió que importaba mucho.

Llegó a su lado cuando iba a salir de la habitación
y la tomó del brazo.

–No te atrevas... –empezó a decir Sterling.

Pero Rihad ya estaba tocándola y eso siempre
provocaba una alquimia irresistible.

La pasión que había entre ellos era más ardiente cada día, casi salvaje. Rihad vio cómo latía el pulso en su cuello, vio que sus ojos se volvían vidriosos.

–Serás tonta... –empezó a decir. Pero no estaba enfadado y ella lo sabía. Sentía una amarga punzada de celos al pensar en Sterling con otros hombres, pero tenía intención de vengarse con su delicioso cuerpo–. ¿Crees que esto pasa todos los días?

–Me imagino que es así –respondió ella, intentando mostrarse firme y fracasando estrepitosamente–. O todas las canciones de amor que he escuchado son una mentira.

Rihad la empujó suavemente contra la pared forrada de brocado y ella dejó escapar un gemido cuando apoyó su frente en la suya, atrapándola con ese sencillo gesto.

–¿Crees que podrías encontrar esto con cualquiera? –le preguntó en voz baja, levantando la falda del vestido–. ¿De verdad crees que esta química es algo normal?

La sintió temblar, pero un segundo después fue él quien se quedó sin aliento cuando la encontró completamente desnuda bajo el vestido. No había nada más que el calor de su piel, el roce de los suaves rizos y ese ardiente y húmedo calor suyo, todo suyo.

Solo y siempre suyo.

–Rihad...

–No quiero pelearme contigo.

Inclinó a un lado la cabeza para mirarla mientras introducía un dedo en su húmeda cueva y vio un violento rubor extendiéndose por sus mejillas. Y entonces supo que esa era la verdad entre ellos, la única verdad que importaba. Siempre sería así. Ese oscuro, embrujador fuego, ese interminable pozo de deseo.

–Si tienes algo que decir, dilo. No me provoques, no finjas.

–Fingir es el problema, Rihad. Es lo que... lo que yo he estado haciendo todo... este tiempo.

–No dices la verdad.

Sacó el dedo de sus profundidades y le sostuvo la mirada mientras lo lamía, saboreando su embriagador perfume. Rihad sonrió cuando ella abrió los labios como si no pudiese respirar. Luego metió la mano bajo la túnica para liberarse y la levantó, ciñéndose sus piernas a la cintura y sujetándola allí durante unos ardientes segundos.

Sin molestarse en llevarla a la cama, se deslizó en su interior tan profundamente que los dos se quedaron sin aliento.

Sterling apretó los puños mientras se mordía los labios, como si quisiera resistirse, pero entonces Rihad empujó sus caderas contra las suyas y tomó el control. Con sus tobillos enredados en la cintura la bajó despacio hacia su erguido miembro, tan despacio, haciéndola jadear. Haciendo que olvidase esa tontería del divorcio.

Porque era tan suave, tan ardiente, una revelación con cada caricia. Y era suya.

Toda suya. Siempre suya.

Tardó un rato en darse cuenta de que estaba diciéndolo en voz alta, como una plegaria o una promesa.

–Dilo –le ordenó.

Pero su Sterling, su fierecilla, se revolvía contra él mientras apretaba las caderas contra las suyas en una furiosa danza.

Lo desafiaba y, que Dios lo ayudase, le encantaba. Le gustaba más de lo que hubiera creído posible, más de lo que le había gustado nada en toda su vida.

Sterling era suya, maldita fuera. Toda ella, en cuerpo y alma. Y le daba igual que ella pensara de otro modo. Él sabía la verdad y no pensaba rendirse. Aunque su reino se hundiera, aunque el mundo se hundiera después.

Por primera vez en su vida, no le importaba su deber. Lo único que le importaba era ella.

—Dilo —le ordenó de nuevo—. Puedo seguir así todo el día. Y, si yo puedo, tú también. Pero no voy a dejar que termines hasta que admitas lo que los dos sabemos.

Sterling dejó escapar un gemido de furia y de deseo y Rihad se rio porque estaba tan hambriento como ella. Tan ansioso como ella.

—Toda tuya —dijo por fin, con los dientes apretados. Sus ojos azules se habían empañado y para él fue como una caricia. Así era siempre entre ellos: caricias, capitulaciones, todo llevaba al mismo sitio—. Maldito seas, Rihad, soy tuya.

Él empujó con fuerza contra su pelvis y Sterling se revolvió contra él, arqueando la espalda y clavando los dedos en sus hombros, gritando de gozo mientras los dos caían al vacío.

Pero Rihad solo estaba empezando.

Capítulo 12

STERLING no había tenido intención de cotillear.

Estaba disfrutando de la gala en el Museo de Arte, una de las joyas de la ciudad de Bakri y un testimonio del brillante futuro del país. O eso había dicho Rihad en su discurso para beneficio de la prensa extranjera.

Sterling había acompañado a los encargados del museo por la exposición, con obras prestadas por el Louvre, recordando cuánto le gustaba pasear sin rumbo por el Museo de Arte Moderno de Nueva York, admirando las maravillosas obras reunidas allí, desde cuadros a esculturas metálicas o tumbas egipcias. Pero en Bakri tenía el mar a un lado y el desierto al otro, y eso le recordaba que estaba al otro lado del mundo.

Habían pasado diez días desde que supo que amaba a Rihad. Diez largos días y diez noches aún más largas desde que entendió que debía dejarlo. Y, lo más terrible, que también debía renunciar a Leyla. Cada día, cuando se despertaba, juraba que sería su último día en Bakri, que encontraría la manera de irse y dejar a las dos personas que más quería en el mundo. Sin

embargo, siempre encontraba una razón para quedarse.

Y allí estaba esa noche, con un vestido digno de
una reina, aunque aún no se podía creer que lo fuese
de verdad. Sterling sonrió como si no viera el brillo
especulativo en los ojos de todos. Como si no escu-
chase los murmullos a su paso.

Como si no supiera que, mientras hacían reveren-
cias y la llamaban «Majestad», todos pensaban que
era una buscavidas.

–Su hija es la joya más brillante del reino –afirmó
un aristócrata al que había visto en el palacio el día
de su boda.

–Yo pienso lo mismo –asintió Sterling.

–Esperemos que haya heredado la belleza de su
madre –siguió el hombre, acercándose más de lo
que era estrictamente apropiado–. Es una bendición
para una hija parecerse a su madre en todos los sentidos.

Sterling tardó un momento en comprender que
acababa de insultar a su hija, a su pequeña Leyla,
dando a entender que sería una buscavidas como su
madre.

Arruinaría a Rihad si se quedaba. Eso era evidente,
por mucho que él intentase negarlo, pero no había
pensado en cómo su presencia en Bakri podría des-
truir la vida de Leyla. Había creído que, como hija de
Rihad en todos los sentidos salvo el biológico, la niña
estaría a salvo.

«Deberías haber sabido que no sería así», le dijo
su vocecita interior llevándola al pasado. Era como
si, de nuevo, estuviese en la casa de sus padres de aco-

gida, en medio de esa fría cocina esperando el siguiente golpe.

«Ensucias todo lo que tocas».

Sterling se escondió detrás de una columna para respirar un poco después de tan desagradable encuentro. Necesitaba un momento para abandonar la pública sonrisa, para dejar de exhibirse.

Tomó aire y luego lo dejó escapar lentamente. Estaba preparándose para volver al salón y enfrentarse de nuevo con todo aquello cuando oyó la profunda voz de Rihad frente a la columna tras la que estaba escondida.

—No tengo la menor preocupación sobre la unión entre nuestros dos países —estaba diciendo, con su tono más autocrático—. Y no creo que Kavian haya indicado lo contrario, ni a su publicación ni a nadie más.

Eso significaba que estaba hablando con un reportero, pensó Sterling. Estaba harta de la prensa, harta de sus falsas sonrisas y de las afiladas garras que clavaban en ella cada vez que le hacían una pregunta.

—Pero su hermana sigue desaparecida.

—La agenda de «la princesa Amaya» es privada, por razones evidentes —respondió Rihad, con tono helado—. Pero le aseguro que ningún miembro de la familia real está «desaparecido». Le han informado mal.

—Ni Kavian ni Amaya han sido vistos...

—Su Majestad el rey Kavian ibn Zayed al Talaas, gobernante y jeque de Daar Talaas, no está escondiéndose, si eso es lo que quería decir con su impertinente pregunta —lo interrumpió Rihad—. Pero él no me informa de su agenda como yo no le informo de la mía. Y, desde luego, no creo que le informe a usted. Le aconsejo que deje el asunto.

–Desde luego, Su Majestad. Y enhorabuena por su reciente matrimonio.

Sterling hizo una mueca cuando Rihad permaneció en silencio durante unos segundos.

–Tenga cuidado –le advirtió después–. Mucho cuidado.

–Desde luego, Su Majestad. Pero usted debe de saber que hay cierta preocupación entre sus súbditos por una mujer como ella...

–¿Una mujer como ella? –volvió a interrumpirlo Rihad con voz de trueno–. ¿Qué quiere decir con eso?

Fue entonces cuando Sterling salió de su escondite.

Rihad estaba frente a un hombre con aspecto de rana al que reconoció como uno de los paparazzi que la habían seguido a todas partes en Nueva York. Sin duda, era el responsable de muchas de las mentiras que habían circulado sobre ella y siempre la miraba como si conociese la desoladora verdad de su vida.

Debería dejarlo a merced de Rihad, pero no se atrevía. Después de la reciente mala prensa no sería muy sensato añadir un cargo por agresión a la lista de sus problemas.

–Ah, Sterling –dijo el hombre–. Estábamos hablando de ti.

No sabía qué la ofendía más: cómo la miraba, que le hablase con tal familiaridad o que se acercase con la mano extendida como si pensara tocarla...

–Las antiguas leyes de Bakri no permiten que un

hombre toque a la reina sin autorización del rey –intervino Rihad–. No solo tengo permiso para arrancarle los brazos con mis propias manos, sino que debo hacerlo para proteger el honor de la corona –añadió tranquilamente, dejando inmóvil al reportero–. Bárbaro, ¿verdad? Y, sin embargo, muchos de mis súbditos encuentran consuelo en las antiguas leyes.

No dijo «yo incluido», pero Sterling estaba segura de que así era.

Los ojos del hombre brillaban de impotente furia y Sterling sabía que esa furia se convertiría en otro horrible artículo sobre ella. Prácticamente podía leerlo mientras pasaba por la sucia mente del reportero.

«Para este hombre nunca seré más que una buscavidas», pensó, angustiada, mientras tomaba el brazo de Rihad. «La fulana convertida en reina, paseándose del brazo del rey y contaminándolo todo a su paso».

–No deberías ponerlo en tu contra –dijo en voz baja mientras volvían a la sala principal, con la gente apartándose a su paso–. Ni a él ni a ningún otro reportero.

–¿Es que no me conoces? –replicó Rihad, con un brillo de furia en sus ojos dorados–. Soy el rey de Bakri. Es él quien no debería ponerse en mi contra.

–Eres el rey, sí –asintió ella, sin dejar de sonreír–. Y, por eso, no deberías rebajarte a hablar con un hombre como él. Que tengas que hacerlo es culpa mía.

Rihad puso una mano en su espalda y su calor fue como un rayo, como la luz del sol apartando la oscuridad.

Pero sabía que no era cierto, que nada podría hacer que lo fuese. La oscuridad la perseguiría fuese donde fuese.

—No empieces otra vez —le advirtió él con tono seco a pesar de su plácida expresión—. Aquí no.

—Como desee, Su Majestad —susurró Sterling, tan sumisa que lo hizo reír. Y eso la hizo reír a ella, cuando habría pensado que en esas circunstancias era imposible.

Siguieron charlando con los invitados y admirando las obras de arte como si todo fuera maravilloso, como si no hubiese ningún problema.

Y algunos artículos al día siguiente reflejaron esa impresión. Pero otros fueron terribles.

Una revista publicó una lista de sus supuestas conquistas por todo el mundo, incluyendo algunos países en los que nunca había estado, y muchos hombres a los que jamás había conocido. Otra publicó una lista de sus momentos más escandalosos, llevando vestidos cortos o escotados mientras hacía su trabajo como modelo. Pero publicaban las fotografías como si hubiera ido por las calles de Manhattan vestida así.

Los periodistas no se atrevían a insultarla, pero no tenían que hacerlo. Las secciones de comentarios estaban llenas de insultos.

Sterling no mencionó los artículos, pero sabía que Rihad también los había leído porque podía ver la ira que intentaba ocultar. Para él, el deber estaba por encima de todo y había decidido que ella era uno de sus deberes. Lo soportaría todo porque era su obligación y se negaba a aceptar que aquello no iba a mejorar, que ella siempre sería objeto de repulsivas especulaciones.

Si se quedaba, Rihad y Leyla quedarían tan manchados como ella.

Y no podía condenarlos a eso cuando hacía falta tan poco para salvarlos.

Lo único que tenía que hacer era marcharse de allí.

Cuando su jefe de seguridad entró en la sala de juntas, en la que Rihad mantenía una reunión con un grupo de embajadores a los que despidió con un gesto, pensó que se trataba de Amaya, por fin.

–¿La has encontrado? –le preguntó cuando estuvieron a solas.

Sentía más remordimiento que alivio, pero eso no tenía sentido. Amaya debería haber sido localizada meses antes y tenía que hacerse cargo de sus deberes, por mucho que Rihad entendiese su conflicto. No había mentido al decir que la ayudaría si pudiera.

Pero no podía negar que en parte admiraba a su hermana pequeña por haber logrado escabullirse de Kavian durante todo ese tiempo. Apreciaba al rey de Daar Talaas, lo respetaba incluso, pero dudaba que ninguna otra mujer hubiese logrado darle esquinazo durante tanto tiempo.

–Estamos intentando localizarla, Su Majestad –respondió su jefe de seguridad, tan rígido como si esperase una reprimenda–. Tenemos un vídeo de ella saliendo del palacio hace una hora. Parece que se dirigía a los límites de la ciudad.

Rihad tardó más de lo que debería en entender que no hablaba de su hermana. Estaba inmóvil, escuchando el relato, pero no parecía capaz de moverse o de reaccionar.

Sterling, que era muy persuasiva cuando quería, había encontrado la forma de convencer a uno de los chóferes para que la sacase del palacio sin sus escoltas y se dirigía hacia los límites de la ciudad.

Y allí no había nada salvo la frontera.

—Mi hija —consiguió decir con el corazón encogido—. ¿Dónde está mi hija?

Su preciosa, perfecta Leyla, a quien nunca antes había llamado «su hija» en voz alta. No podía perder a Leyla porque, aunque no fuera su padre biológico, la niña era su hija.

Ella y su traidora madre eran enteramente suyas.

—La princesa está en el palacio, Su Majestad. Está con sus niñeras ahora mismo.

—Estupendo —dijo Rihad. Y luego empezó a dar órdenes.

Que Sterling se hubiera ido sin su hija era increíble. Una vez había pensado que no era nada más que una criatura mercenaria y calculadora, la clase de mujer que tendría un hijo con el único propósito de atarse a un hombre o, más bien, a su fortuna.

Que ya no pudiese creerlo decía cosas que estaba demasiado furioso como para analizar. Había un terremoto dentro de él, más poderoso que nada que hubiera sentido antes. Era tan grande como el desierto, extendiéndose en todas direcciones, y no sabía si sería el mismo hombre cuando sobreviviese.

Si lograba sobrevivir.

Pero tenía la intención de compartir ese efecto con su esposa porque no pensaba dejarla ir.

Nunca.

El helicóptero aterrizó con precisión militar sobre la polvorienta carretera, poniendo fin a las fantasías de Sterling de escapar.

Miraba las poderosas aspas desde el asiento trasero del coche como si concentrándose lo suficiente pudiese hacerlo desaparecer.

Pero no fue así, por supuesto.

El helicóptero estaba allí, en medio de la solitaria carretera, y su chófer parecía estar rezando en voz baja. El hombre estaba asustado, pero ella ya no era una adolescente desesperada y ya no tenía miedo del lobo feroz.

Porque estaba haciendo lo que debía hacer.

Rihad bajó del helicóptero con movimientos precisos y una letal gracia masculina que la hizo tragar saliva. Tal vez siempre sería así, pero sería desde lejos. En las revistas o en las noticias.

No era buena para él y era aún peor para su preciosa hija. Nada más importaba.

–Quédate aquí –le dijo al chófer, aunque al reconocer la insignia real en el aparato, él no se había ofrecido a salir en su defensa.

Sterling salió del coche y tuvo que guiñar los ojos para neutralizar el cegador sol del desierto. Recordó entonces el día que conoció a Rihad en Manhattan, en lo que parecía una eternidad atrás. Recordó el resentimiento con el que la había mirado entonces... y su expresión era aún más severa en ese momento.

–¿Qué haces aquí? –le espetó–. ¡Déjame ir!

–Nunca.

Corto, seco, un implacable decreto real.

Sterling se enfureció, pero al mismo tiempo se sentía traidoramente conmovida.

–No es un ruego, es una orden.

–Nadie da órdenes al rey de Bakri –replicó Rihad. Estaba tan cerca que podía sentir el calor de su cuerpo–. Tu papel es obedecer.

–Para, por favor. No estás siendo razonable.

Rihad estaba más que furioso. Podía verlo en la tensión de su cuerpo, que conocía casi mejor que el suyo. Estaba prácticamente vibrando de ira. Y, sin embargo, la miraba como si no se pudiera creer lo que había dicho.

Y luego echó la cabeza hacia atrás y soltó una carcajada.

Cuando volvió a mirarla, Sterling estaba temblando y no de miedo, sino de deseo, de anhelo. De amor.

–Soy conocido por mi sensatez y considerado el más racional de los hombres. Mi familia está llena de criaturas emocionales que olvidan sus deberes y se dejan llevar por sus debilidades –Rihad se encogió de hombros–. Pensé que yo no tenía debilidades, pero eso fue antes de conocerte.

Sus palabras la emocionaron, pero Sterling apretó los puños y lo fulminó con la mirada porque no podía emocionarse, no podía dejarse llevar por sus sentimientos.

–Tú mismo lo has dicho. Yo soy tu debilidad y tú no puedes permitirte debilidades. Tienes que dejarme ir.

–Pero, cuando se trata de ti, Sterling, no soy en absoluto razonable –siguió él como si no la hubiese oído–. ¿Por qué demonios intentabas escapar de mí?

–¿Tú qué crees? Soy como un ancla al cuello... te estoy hundiendo, Rihad. Bakri no puede soportar los escándalos que me persiguen.

–Dejaste a Leyla en el palacio.

Sterling no quería ni pensar en ello.

–Es mejor así –respondió, tragando saliva para contener un sollozo–. Todas las parejas divorciadas comparten la custodia de los hijos y no hay ninguna razón para que tú y yo no podamos hacerlo. Y, si eso significa que Leyla puede crecer aquí, donde está a salvo...

–Te oigo –la interrumpió él–, pero nada de lo que dices tiene sentido para mí.

–Lo único que te pido es que encuentres una buena mujer que te ayude a criarla –siguió Sterling, decidida, a pesar de que su corazón parecía a punto de romperse–. Una mujer que...

–¿Qué? –la interrumpió Rihad–. ¿Una mujer que no sea mercancía dañada como tú?

Ahí estaba.

Era una sorpresa que alguien lo dijese en voz alta después de tantos años y le rompía el alma escucharlo de sus labios, pero Sterling no se alejaba del único hombre al que había amado o amaría nunca porque fuese fácil. Lo hacía porque era lo que debía hacer.

Y eso significaba que no podía dejar que la afectase. No podía dejar que la oscuridad que había dentro de ella la hiciese caer de rodillas. Era demasiado importante que Rihad aceptase su decisión.

–Entonces, lo sabes.

Él parecía furioso, impaciente.

–Me hago una idea de lo que te hizo esa gente espantosa...

–Si lo sabes, entonces no hay ninguna razón para que esto sea tan dramático. Te estoy haciendo un favor.

Rihad la miró con incredulidad y arrogancia al mismo tiempo.

–No quiero ningún favor, Sterling. Quiero a mi familia.

Y así de fácil, le rompió el corazón.

–Puedes tener una familia perfecta –insistió Sterling, con un nudo en la garganta y los ojos llenos de lágrimas. Era como si no solo le hubiera roto el corazón. La había roto a ella en mil pedazos y no sabía si podría volver a reunirlos algún día–. Podrías tener más hijos y una esposa que obedeciese tus órdenes y nunca te avergonzase en público. Podrías...

–Tú eres mi familia –la interrumpió Rihad apretando sus brazos cuando ella dio un paso atrás–. Eres mi mujer, mi reina. Tenemos una hija. Esta es tu familia, Sterling. Yo soy tu familia.

–Rihad...

Pero se le quebró la voz y no pudo terminar la frase porque algo más grande que el miedo parecía querer tragársela. Algo en lo que no podía confiar.

–Yo sé que me quieres, pequeña –siguió Rihad,

con un tono tan descarnado que casi le dolía escucharlo–. ¿Cómo no voy a saberlo cuando no hago nada más que estudiarte día tras día?

–Yo no... –Sterling tragó saliva–. No puedo quedarme aquí. No quiero destrozar tu vida y la de mi hija.

Rihad la atrajo hacia sí, clavando en ella sus ojos dorados.

–Sterling –pronunció su nombre como si fuera tan precioso como se lo había parecido a ella cuando lo eligió siendo una adolescente–. Sé que para ti el amor significa esperar un golpe. Sé que no esperas más que dolor y pena cuando te atreves a hacerte ilusiones –empezó a decir, pasando las manos por sus brazos como si intentase hacerla entrar en calor, calmarla, amarla–. Pero yo soy un hombre de honor y mi palabra es la ley. Y te juro que nadie volverá a hacerte daño mientras yo viva.

Ella negó con la cabeza, sintiendo que se rompía por dentro.

–Yo no soy tu obligación, Rihad. Te debes a Bakri, no a mí. Y tu país se merece algo mejor.

–Tú eres ese algo mejor.

Sterling no podía respirar y tampoco podía dejar de llorar, pero cuando Rihad la soltó pensó que sus piernas no podrían sostenerla. Alargó una mano hacia él, a pesar de su firme intención de marcharse, pero se quedó helada al ver que no se alejaba.

Rihad al Bakri, jeque y gobernante de Bakri, se puso de rodillas sobre la polvorienta carretera, clavando en ella su oscura y orgullosa mirada.

–Una vez te ordené que te casaras conmigo –dijo

en voz baja–. Ahora te pido que te quedes conmigo, que vivas conmigo, que me quieras. ¿A quién le importa lo que digan las revistas? Hay hombres mirándonos ahora mismo, ¿crees que eso me molesta?

–Pero no puedes... –Sterling no sabía qué quería decir y él no estaba escuchándola de todas formas.

–Quiero tener más hijos contigo y, esta vez, quiero estar a tu lado cuando lleguen al mundo. Quiero hacerte el amor para siempre. Tú vales mil reinos y el mío no es nada más que un montón de arena sin ti –Rihad se abrazó a ella como si no quisiera soltarla nunca–. Sé mi mujer en todos los sentidos, Sterling. No te lo pido porque sea mi deber, sino porque es mi más profundo deseo. Eres mi corazón, mi amor, y quiero que seas mía.

Y ella entendió entonces que esa sensación infinita e inconquistable que experimentaba no era miedo, sino algo mucho más grande. Era amor, amor de verdad, sin condiciones, sin mentiras. Un amor que podía incluir dolor y oscuridad, porque así era la vida, pero que no estaba hecho solo de eso.

Había esperado que Rihad le hiciese daño porque era lo único que conocía. Había pensado que lo destruiría, como lo destruía todo, porque eso era lo que sus padres de acogida decían para justificar sus actos.

«Gente espantosa», los había llamado Rihad.

Pero eso era el pasado.

Aquel hombre que estaba de rodillas ante ella, algo que seguramente nunca había hecho ni volvería a hacer, era el presente y el futuro.

Tenía que entregarse a lo único que podía romper la oscuridad.

El amor.

Y a algo que siempre había temido: la esperanza.

–Ya soy tuya, Rihad –susurró, orgullosa y esperanzada al mismo tiempo–. He sido tuya desde el principio.

Él apoyó la cabeza en su estómago y Sterling sintió un profundo estremecimiento, como si estuviera aceptándolo en lo más hondo de su ser.

–Te quiero –dijo él, oscuro e imperioso sobre el vientre en el que llevaría a sus hijos. Sabía que sería así y no solo porque Rihad lo hubiese decretado–. No lo dudes nunca.

–Yo también te quiero –musitó ella, con el rostro anegado en lágrimas, pero en aquella ocasión de felicidad. Una felicidad que duraría para siempre–. Siempre te querré.

–Espero que sea así –dijo Rihad, con tono imperioso.

Sterling se puso de rodillas frente a él y, cuando se abrazaron, por primera vez en su vida creyó en los finales felices.

Capítulo 13

Diez años después...

–Es muy pesado, sí –asintió Rihad, intentando contener la risa mientras hablaba con su furiosa hija en el jardín privado de la familia–. Pero si ahogas a tu hermano en la piscina no habrá fiesta el sábado y puede que pases el día de tu cumpleaños en una mazmorra, Leyla.

–No hay mazmorras en el palacio –replicó la niña–. Mamá dice que te lo has inventado.

Rihad sonrió al ver su ceño fruncido.

–Hay mazmorras si yo digo que las hay. Soy el rey.

–Los hermanos son tontos –insistió Leyla, con ese tono imperioso que había heredado de su madre.

Rihad pensó en su hermano, perdido tanto tiempo atrás.

«No puedo perdonarme a mí mismo», le había dicho a Sterling mientras visitaban su tumba el día de su cumpleaños. «Dudo que pueda hacerlo nunca».

«Él ya te ha perdonado. Te quería mucho, Rihad. Siempre te quiso», le había dicho ella, sonriendo. «Era yo quien te odiaba por los dos».

–Puede que los hermanos sean tontos, Leyla, pero tienes que quererlos de todas formas –le dijo a su hija.

–Pues no sé por qué –replicó ella, dejando escapar un largo y dramático suspiro de resignación antes de reunirse con Aarib, de seis años, que estaba chapoteando ruidosamente en la piscina.

Sonriendo, Rihad volvió su atención al informe que estaba leyendo en el ordenador, una perspectiva mucho menos interesante que su maravillosa hija.

Las revistas no siempre los dejaban en paz, pero el acoso a Sterling había terminado. Rihad se había encargado de que despidieran al reportero que intentó insultar a su mujer y había enviado al exilio a varios cortesanos cuando descubrió cómo la trataban a sus espaldas.

La reina de Bakri, por definición, era una mujer admirable, con una reputación intachable y querida por todos.

Y, diez años después de su boda, Rihad sabía que no era por decreto, sino porque el pueblo de Bakri la apreciaba de verdad.

Entonces supo que ella acababa de salir al jardín. Siempre lo sabía porque cambiaba el aire simplemente con respirarlo.

Esa gente horrible, repulsiva, que había dejado atrás en Iowa no había destruido su vida. Sterling no estaba destruida, todo lo contrario.

Su preciosa Sterling, su perfecta esposa.

Dejó su trabajo para admirarla mientras se acercaba a él y el mundo se detenía por un momento. Siempre sería así. Seguía vistiendo con despreocupada elegancia, como la modelo que había sido, y su pelo rubio seguía fascinándolo sin medida. Como esas largas piernas que había enredado sobre sus hombros mientras los dos llegaban al paraíso poco antes del amanecer.

Diez años casados y seguía excitándose al pensar en ella.

–¿Los monstruos se han dormido? –le preguntó cuando llegó a su lado.

–Más o menos –respondió ella, mirando a Leyla y Aarib como si disfrutase al escuchar sus voces. Rihad sabía que era así porque a él le pasaba lo mismo.

–Gracias a Dios por la hora de la siesta.

Rihad pensó en sus hijos, Jamil, de cuatro años, y Raza, de dos. Pequeños diablillos en todos los sentidos, más ruidosos que los dos mayores y exigiendo siempre la atención de su madre.

–Desde luego.

Sterling iba a sentarse en una silla, pero Rihad tiró de ella y la sentó sobre sus rodillas, besando su cuello hasta dejarla sin respiración.

–Eres insaciable –protestó ella, sin aliento. Y parecía orgullosa.

Eran un matrimonio feliz. Estar juntos era como volar por el cielo. Había sido así durante diez años y Rihad esperaba otros diez más. Para siempre.

–Solo por ti, pequeña –murmuró sobre su cuello–. Siempre por ti.

No todo había sido fácil en esos diez años. Se habían fallado en alguna ocasión, se habían decepcionado. El mundo no era siempre amable y resul-

taba fácil perderse en el torbellino de niños y respon-
sabilidades, incluso en un palacio con una flota de
niñeras y empleados.

Pero siempre había habido amor y el amor los empujaba el uno hacia el otro.

Rihad había aprendido a tratarla menos como a un
súbdito y más como a una compañera. O lo había intentado. Sterling, por su parte, había aprendido a confiar en él.

Compartían la intimidad del alma y de la carne. Eran
amantes convertidos en padres, un rey y su reina, un
hombre y su mujer. Vivir con otra persona durante tantos años era una espada de doble filo, pero había disfru-
tado de cada segundo.

Y le gustaba demostrarle cuánto.

–Están besándose otra vez –escuchó la voz dis-
gustada de Aarib, más aguda de lo habitual. O tal
vez Rihad no quería ser interrumpido en ese momento.

–Lo hacen todo el tiempo –dijo Leyla, con su tono
de sabelotodo.

–¿Por qué hemos tenido más hijos? –le preguntó
Sterling, riéndose–. ¿A quién se le ocurrió la idea?

Él pasó una mano por su mejilla.

–A los dos.

–Gracias –susurró ella entonces–. Muchas gracias, Rihad.

–¿Por qué?

–Por todo –respondió Sterling–. Por darme una
familia, por ser mi familia.

Luego se levantó para atender a los niños y él la dejó
ir, pensando que no tenía ninguna razón para darle las

gracias. Ella era el corazón de aquella asombrosa maraña de amor, confianza, sexo, sorpresa, lágrimas, ternura, discusiones y enfados.

Ella era su corazón, el corazón de los dos.

Suyo, pensó Rihad. Para siempre.

Y, siendo el rey de Bakri, su palabra era la ley.

* * *

Podrás conocer la historia de Amaya y Kabian en el Bianca 2628 titulado: *La reina del jeque*.

Era su obligación proteger a la honorable jueza,
pero ¿cómo iba a proteger su corazón?

MÁS ALLÁ
DEL ORGULLO

SARAH M. ANDERSON

Nada podía impedir que el agente especial del FBI Tom Pájaro
Amarillo fuera detrás de la jueza Caroline Jennings, pues lo
había impresionado desde el momento en que la había visto.
Tenía como misión protegerla, aunque la atracción que ardía
entre ambos era demasiado fuerte como para ignorarla. Para
colmo, cuando ella se quedó embarazada, Tom perdió el poco
sentido común que le quedaba.
Cuando se desveló el turbio secreto que Caroline ocultaba, fue
el orgullo del agente especial lo que se puso en juego.

Bianca

¡Seducida, despreciada y embarazada!

DESTERRADA DEL PARAÍSO

BELLA FRANCES

La prometedora fotógrafa Coral Dahl no podía permitirse distracciones durante su primer encargo importante. Pero la belleza de Hydros, la isla privada donde se iba a realizar la sesión de fotos, no era nada en comparación con el atractivo Raffaele Rossini. Y Coral se vio incapaz de resistirse a aquel carismático magnate.

Raffaele se llevó una sorpresa al descubrir que Coral podía tener motivos ocultos para estar en Hydros y la echó de la isla. Pero no podía imaginar que la noche de pasión que compartió con ella iba a tener consecuencias inesperadas…